Bisher von Friedrich Schmidt erschienen:

Weg ins Licht... und zurück (SF)
1999 im R.G. Fischer Verlag

Was war wird sein (SF)
2018 Twentysix-Verlag

Lemmy, ich brauch dich (Teil-biographisch)
2019 Twentysix-Verlag

Tod oder Liebe – Lisa (Liebesdrama)
2019 Twentysix-Verlag

und nun
Mond 99 (SF-Drama/Fantastisch)

Zum Autor:
Friedrich Schmidt ist 1962 in Saarbrücken geboren.
Seine Interessen sind vielseitig, er malt und schreibt Songtexte.
Darüber hinaus gilt sein Interesse der Kosmologie – dadurch kam er zur Sciencefiction, was dann zu Buch 1 und 2 führte.
Aber da das Leben Regie führt und das Schreiben, wie er sagt, immer mehr Spaß bereitet, blieb es nicht bei Sciencefiction-Romanen.
Es folgte ein Roman in dem sein Idol – Lemmy (Sänger und Bassist von Motörhead) - eine Hauptrolle spielt.
Danach folgte ein Liebesdrama – der Wunsch einer großen Person an seiner Seite.
Und jetzt viel Freude beim Lesen von:
Mond 99

3

Dieser Roman ist frei erfunden.

Der erste Teil lehnt an die Bibel an.

Sollte es Namen oder Orte und Begebenheiten geben, die in der
Realität vorkommen, so wäre dies rein Zufällig.

Für mich -

ja... es glaubt sonst niemand

an die Story...

ich finde sie gut!

Nein... für Inge

Frank: Hauptfigur
Myra: Franks Freundin
Sam: Sänger der Band
Stan Tucker: Tourmanager
Lars: Bodenstadion/Freund von Frank
Mike Spencer: Polizeifreund
Nu und Si: Außerirdische Helfer
Dann... Jesus, der Teufel und der
Engel Gabriel
… und weitere Personen am Rande

Satanistische Terroristen wollen ein Zepter seinem wahren Besitzer überreichen – dem Teufel. Sodass Dieser dann über die Erde herrsche. Frank, ein intelligenter junger Mann, der eigentlich ein Roadie einer Rockband ist, soll das Zepter holen und dem Teufel aushändigen. Das Zepter liegt allerdings auf einem weit entfernten Mond. Dem Titan... ob es Frank gelingt?

Stimmen von ersten Lesern des Manuskripts:
So eine Story las ich ich noch nie!
Spannung und Überraschungen beherrschen das Buch...

Verlag

TWENTYSIX – Der Self-Publisching Verlag

Eine Kooperation zwischen der Verlagsgruppe Random House

und BoD – Books on Demand

Herstellung und Verlag: BoD, Norderstedt

Copyright: Friedrich Schmidt

ISBN – 9783740766467

Bibliografische Informationen der Deutschen Nationalbibliothek:

Die deutsche Nationalbibliothek verzeichnet diese Publikation in

der Deutschen Nationalbibliografie; detaillierte bibliografische Daten sind im
Internet über dnb.d-nb.de abrufbar

ISBN 9783740766467

Prolog

Teil 1

Anno 2033

– wenn auch die Geschichte zu einem anderen Zeitpunkt begann.
Mit Jesus... also über 2000 Jahre zuvor...

Ich befand mich in einer Art Kryoschlaf, jedenfalls in einer
sozusagen gemäßigten Form davon. Der Unterschied war, dass ich
nicht eingefroren war. Eigentlich müsste man meinen Zustand eher
mit einem künstlichen Koma vergleichen. Ich konnte träumen, mir
Gedanken machen, wie jeder Mensch – über das was war, was jetzt
ist, und über das was in Zukunft geschehen möge. Also über das, wie
es weitergeht. Pläne schmieden sagt man wohl.

Und dies tat ich zu dem Zeitpunkt auch, quasi ohne Unterbrechung.
Denken – es war die einzige Tätigkeit. Sonst war alles
Computergesteuert, ich brauchte zu keiner Zeit irgendwie
einzugreifen. Nur für den Fall, dass irgendetwas schief lief, würde
ich geweckt werden, um mit einer Art Joystick das Raumschiff
wieder auf Kurs zu bringen. Im absoluten Notfall könnte ich, alles
jeweils in Absprache mit der Kommandostation, auch wieder zur

Erde zurück. In so einem Fall, beispielsweise wenn der Computer versagen sollte (obwohl dieser durch drei baugleiche Systeme gesichert wurde), müsste von denen der Treibstoffverbrauch und der Kurs berechnet werden. Ich befand mich also in einem Raumschiff auf dem Weg zum Mars. Dieser rötliche, staubige Planet sollte jedoch nur eine Zwischenstation sein. Man hatte mir erklärt, dass mein Schiff – in eine enge Umlaufbahn um den Mars einschwenken würde, um danach, mitgenommen durch die Rotation des Planeten, beschleunigt weiterfliegen würde. Wie eine Schleuder würde mein kleines Einmannschiff dadurch beschleunigt werden. Um dann das endgültige Ziel zu erreichen. Aber selbst durch diese Beschleunigung, die von da ab fast die doppelte Geschwindigkeit bedeuten würde, würde der Flug, nach Passage des Mars, noch weitere zwei Jahre dauern. Neunzehn Monate war ich bereits unterwegs. In wenigen Tagen käme ich dem Mars so nahe, dass man mich, so war es jedenfalls geplant – das erste Mal während des Fluges, wecken würde. Mich an dem Punkt des Fluges einfach schlafend in der Hängematte zu lassen, war den Planern zu gewagt. Es gab für sie Momente, und da gab ich ihnen Recht, in denen sie die Geschehnisse, und somit mein Leben, nicht alleine einem Rechner anvertrauen wollten. Dies machte die Sache auch sehr interessant für mich. Sah ich doch durch mein kleines Fensterchen, was sich direkt vor mir, also in Flugrichtung befand, den Mars – meinen Lieblingsplaneten. Bis dahin.

9

Der Mars

(doch dies war nicht einmal die Hälfte des Weges)

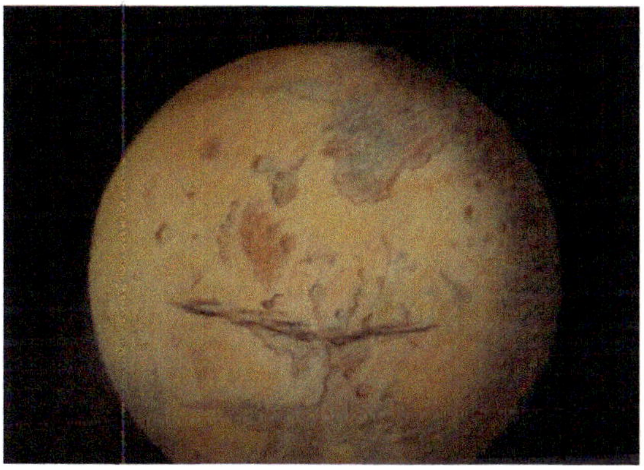

(Zeichnung: Friedrich Schmidt)

Doch zunächst blieb mir noch Zeit zum „Träumen", zum denken. Oft, so erinnerte ich mich, dachte – oder träumte ich, von Myra, meiner Freundin, die (hoffentlich) die fünf Jahre, die ich unterwegs wäre, auf der Erde auf mich warten würde.

Doch dieses Mal unterschieden sich meine Gedanken. Stattdessen träumte ich davon, wie alles begann. Und dieser Anfang hatte nichts mit mir zu tun – es ging vielmehr sehr weit zurück. Sehr, sehr weit zurück. Ziemlich genau zweitausend Jahre. Warum ich den Traum hatte – dies frage ich mich bis heute...

Und es sollte so viel geschehen, was ich niemals so richtig verstanden hatte. Erst jetzt, wo ich alles aufschreibe, wird mir deutlich, wie verrückt vieles erscheint.

Kapitel 1

Versuchung Christi

Jesus wohnte zu der Zeit, also etwa um seinen dreißigsten Geburtstag, in Kapernaum am Nordufer des Sees Genezareth. Die Häuser damals waren durchaus geräumige Gebäude aus grob behauenen Feldsteinen. Ställe, Wohn- und Lagerräume gruppierten sich um kleine Höfe. Alles sah geordnet aus, in rechtwinkligen Gassen und in regelmäßige Straßenblöcke aufgeteilt. So lebten Großfamilien mehrerer Generationen mit ihren Helfern, wie Mägde und Knechte, samt aller Ihrer Tiere unter einem Dach. Der Schnitt der Wohnhäuser zeigt (so erkannten die Forscher nach Ausgrabungen), dass sich die Besitztümer kaum voneinander unterschieden. Weder gab es in diesem Wohnviertel größere Häuser, die auf besonderen Reichtum hindeuten würden, noch fanden die späteren Ausgräber ungewöhnlich kleine Hütten. Offenbar stand jedem der gleiche Platz und damit auch ein ähnliches soziales Ansehen zu. Dies war nicht an jedem Ort so. Vielleicht war dieser Umstand ein Punkt, welcher Jesus gefiel – weshalb er gerade dieses Dorf als Stätte ersann, um sich niederzulassen. Auch die Einfachheit des Dorfes, die Übersichtlichkeit – und doch, letztendlich, die Schönheit der Gegend, waren wohl weitere Punkte. Seitlich im Tal der See, dahinter die Berge. Das Umland: Wüste, beziehungsweise Halbwüste, Teilweise malerisch gelegen mit kleinen Oasen versehen. Allerdings war alles weit voneinander weg. Weitläufig.

„Wenn man zur Fuß von Nazareth nach Bethsaida nach Kapernaum möchte, wirst du an eine Synagoge kommen", sagte ihm Paulus gerade vor kurzer Zeit. Auch dies gefiel Jesus. An diesem Ort, nahm er sich da vor, würde er bald predigen.

Ansonsten gab der Ort nicht viel mehr her. Die Einwohner verbrachten ihre Tage mit Ackerbau und Fischfang. Doch sie waren bei weitem keine Hinterwäldler. Immerhin zogen regelmäßig Karawanen auf dem Weg von oder nach Jerusalem, Tiberias, Sepphoris, Ptolemais oder Damaskus am Dorf vorbei. Im Gepäck hatten sie neben Neuigkeiten auch hübsche Dinge aus Glas oder feiner Keramik, alles stets nach der neuesten Mode. Eigentlich war der Ort zu der Jahreszeit ein Ort zum Wohlfühlen. Die Temperaturen waren angenehm, längst nicht so mörderisch heiß wie im vergangen Sommer. Jedoch, Jesus fühlte sich nicht wohl, vor allem durch die Ereignisse der vergangenen Tage. Er hatte Wut im Bauch. Zur Erklärung sei gesagt, dass damals ein großer Markt in der Nähe war. Die Händler stritten sich zu der Zeit oft über die unterschiedlichen Währungen. Das Geld hatte nicht den gleichen Wert, was bedeutete, dass die Produkte zu teuer oder zu billig erschienen. Die Händler stritten also um den richtigen Wert ihrer Güter. Dies hätte Jesus nicht weiter interessiert, hätten sie ihre Streitereien nicht vor und sogar in den Synagogen abgehalten. Also an heiligen Orten, an denen auch er seine Predigten hielt, oder halten wollte. Er hatte mit einigen von Ihnen geschimpft und aus der Synagoge vertrieben. Sie kamen natürlich zurück, was Jesus sehr ärgerte.

Er musste raus. Weg von hier. Wieder einen klaren Gedanken fassen. Dies war sein Wunsch. Die Zukunft. Jesus fragte sich, wie er weitermachen wollte. Sein ewiger Kampf den Menschen das Richtige nahezubringen zehrte an ihm. Er fühlte sich müde. Ausgebrannt. Er brauchte neue Kraft. Diese musste er außerhalb der Stadtmauern suchen. Alleine. Ohne die Jünger. Ruhe – die brauchte er. An Ihn denken, seinen Vater, das würde ihm helfen. In Gedanken, im Zwiegespräch, im Gebet. Das half immer. Er aß und trank sich an diesem Morgen satt. Dann machte er sich auf den Weg. Im Gepäck nur einige Behältnisse aus Ziegenfell, gefüllt mit schmackhaftem Wasser.

Die Gegend dort hat, wie erwähnt, einen gewissen Reiz. Felsen bestimmen das Bild. Kleinere Berge, aber auch große Täler – Felder und Ebenen auf denen nicht viel wuchs. Oh doch, es gab schon Sträucher, Gräser und auch wilde Feigen- und Olivenbäume. Diese waren jedoch dünn gesät. Ja, Halbwüste war wohl der richtige Begriff. Dahin, dort wo die Stille wohnte, zog es Jesus. Alleine der Gedanke, dass er dort wieder neue Kraft finden würde, zauberte ihm wieder ein leichtes, kaum merkliches Lächeln auf die Lippen.

Er war das Wandern gewohnt. Jesus besaß keinen Esel wie die reichen Händler. Für das, was er vorhatte brauchte er den auch nicht. Im Gegenteil. Das Laufen war für ihn Teil seines Tuns.

So verbrachte er einige Tage an einem dieser Orte. Verweilte mal an einem Ort, meist des Nachts. Dann trank er einen Schluck aus einem der Beutel, um sich dann weiter auf den Weg zu machen. Sein endgültiges Ziel, dies gab es eigentlich nicht. Er würde fühlen wenn er am richtigen Ort war. So weit war er noch nicht. Er musste weiter.

So vergingen vierzig Tage und Nächte, in denen er nichts aß. Er schaute sich um. Der Himmel blau – ohne Wolken, wie seit Wochen. Alles trocken, sandig. Er sog die Luft tief durch die Nase ein. Wollte mit geschlossenen Augen einen Duft erhaschen. Doch die Dürre ließ kaum Düfte zu. Das verdorrte Gras und der helle Sand verströmten... nichts. Keinen Geruch. Doch halt, da war was. Und Jesus drehte, immer noch die Augen geschlossen, den Kopf in die Richtung, aus der der Geruch nach Ziegenbock zu kommen schien. Jesus öffnete die Augen um sich zu überzeugen, ob er nicht träumte. Dann sah Jesus eine Gestalt auf ihn zukommen. Jesus saß da, auf einem Stein. Er sah wie diese männliche Kreatur immer näher kam. Dieser Mann, der ungewöhnlich aussah – er hatte beinahe das Gesicht eines Ziegenbocks, stellte sich nicht vor. Aber er sagte zu Jesus:

„Na, ich spüre, dass du Hunger hast."

„Ja," - antwortete Jesus - „du hast recht, ich verspüre Hunger."

„Ja, wenn du Macht hast und du, wie du sagst, Gottes Sohn bist – so verwandle doch diesen Stein in Brot," - und dabei zeigte er mit seinem Zeigefinger auf einen Stein direkt neben Jesus.

Doch dieser schüttelte nur leicht den Kopf und erwiderte:

„Der Mensch lebt nicht nur vom Brot alleine."

Die Kreatur hielt ihm seine Hand hin um ihm aufzuhelfen:

„Komm mit, ich will dir was zeigen."

Jesus, der voller Ruhe war und keine Angst hatte, hatte keine Bedenken dem Fremden zu folgen. Dieser führte ihn auf einen nahegelegenen Berg. Beide schauten sie hinab ins Tal. Der Anblick war herrlich! Dort, wo eben noch karge Landschaft war, war nun ein Wald und eine Wiese voller blühender Blumen. Vögel zwitscherten vergnügt und ein kleiner, klarer Fluss wandte sich schnell fließend durch das Tal. So etwas schönes hatte Jesus noch nicht gesehen. Feiner Duft stieg ihm nun in die Nase. Danach hatte er eben noch gesucht. Nach so einem herrlichen Duft. Ihn überwältigte auch die Schönheit der Landschaft. So stellte er sich das Paradies vor.

Und die Kreatur sagte zu ihm: „All die Macht und Herrlichkeit dieser Reiche will ich dir geben; denn sie sind mir überlassen und ich gebe sie, wem ich will. Wenn du dich vor mir niederwirfst und mich anbetest, wird dir alles gehören.“

„Ich werde mich nur einem unterwerfen – meinem Herrn und Gott.“

Als Jesus sich wieder umsah, sah er, dass sie sich nicht mehr auf dem Berg befanden, sondern in Jerusalem, auf dem Dach eines Tempels.

Und der Teufel sprach: „Ich glaube immer noch nicht, dass du Gottes Sohn bist. Stürze dich hinab, dein Gott und die Engel werden dich auf Händen nach unten tragen und es wird dir nichts geschehen.“

Doch Jesus antwortete nur, dass ihm bewusst sei, dass er hier und da auf eine Probe gestellt würde.

Der Teufel nickte. Er wusste, das er am heutigen Tag keine Chance hatte Jesus zu bekehren. Er wandte sich ab. Aber er war listig. „Ich habe hier ein Zepter,“ und bei diesen Worten hielt er tatsächlich das goldene Zepter eines Königs in der Rechten hoch in die Luft. Es soll dem gehören, der in Zukunft die Welt regiert. Ich nehme es mit, lasse dir für heute die Ruhe – für die Zeit die jeder braucht zum Nachdenken. Aber ich reiche es dem, der es verdient und Willens ist zu tun, was zu tun ist. Es soll dem Herrscher der Welt gehören. Dem, der mich ruft werde ich es geben – falls er die Macht hat.

Jesus schaute sich wieder um. Er war in seinem Heim und es ging ihm gut. Von der Kreatur, dem Teufel, war nichts mehr zu sehen. Nirgends. Er war allein und froh seine Kraft wiedergefunden zu haben. Er sah an sich herunter. Seine einfache Kutte aus Leinen erschien wie immer. Kein Schmutz. Kein Zeichen der letzten Stunden. Doch es war geschehen, dessen war er sich sicher. Beeindruckt hatte ihn der Teufel nicht sonderlich. Er hat es halt versucht und würde es wieder tun, dachte Jesus.

Kapitel 2

Die Rockband

Er furzte laut, lange und scheinbar voller Hingabe, denn er furzte erneut. Er lachte, drehte sich zu mir um und sagte: „Das will ich nur mal in aller Deutlichkeit gesagt haben…" – er lachte wieder, weil ihm noch ein Gag zu seiner Furzerei eingefallen war: „das nächste Mal weichst du den Fröschen aus, die ich verliere – und trittst nicht drauf - das macht nur seltsame Geräusche, wenn du auf einen Frosch trittst!"

Erneut lachte er schallend über seinen eigenen Witz und lief durch den engen Flur weiter. Wir befanden uns Backstage, waren auf dem Weg zur Bühne. Er nahm mir die Gitarre ab und rannte auf die Bühne und das Publikum johlte.

Er – dass war der Gott des Rock´n Roll, wie er sich selbst nannte. Sam Xanto, Künstlername Samuel Satan – seinen Duft durfte ich einatmen. Ich? Ich war zu der Zeit nur ein Roadie, einer von sieben Roadies, welche die Band „Satans Law" – des Teufels Gesetz – begleiteten. Wir, das hieß die Band – wir waren damals auf Tour, kreuz und quer durch die ganze USA. Dies war der zweite Tag der Tour und wir waren in New York – wie Gestern. Morgen würden wir abbauen und dann ginge es weiter, zunächst die Ostküste entlang, dann, über Miami nach Texas und New Mexiko nach Kalifornien – insgesamt 22 Städte. Danach ginge es wieder heim nach Deutschland. Da es sich jedoch um eine World-Tour handelte, würden wir uns nicht lange bei unseren Lieben zuhause aufhalten.

Danach kämen wir nach Frankreich, England, Japan, Australien – und zum Schluss der Tour wären wir in Kairo, die Pyramiden im Hintergrund. Darauf freute ich mich jetzt schon. Doch bis dahin würde ein anstrengendes Jahr vor uns liegen. Viele Probleme – wie Bohnen zum Abendessen.

Die Show begann mit dem neuesten Song – „I´am in hell tonight" – das beste Lied welches „Satans Law" seit langem schrieb. Dieser Song hatte alles, was man von einer Heavymetal-Band, zu der die Gruppe angesiedelt war, gehörte. Das Lied begann melodisch, wurde dann rhythmisch, der Gesang – von dem „Furzer" – bestens in Szene gesetzt, war sowohl melodisch wie rhythmisch, und das Solo – von beiden Gitarren gegenseitig gespielt, war sensationell.

Mein Job ab jetzt war, den Bandmitgliedern auf zuwinken , was zu trinken zu bringen oder eine anders gestimmte Gitarre zu reichen. Die anderen Roadies waren vorne und sicherten das Geländer. Sie mussten den einen oder anderen Fan zurück schubsen, die über das Geländer auf die Bühne wollten. Schwer zu sagen wessen Job schwieriger war. Ich musste die fünf Stars permanent im Auge behalten – aufpassen ob jemand von ihnen etwas wollte. Es gab mehrere verabredete Zeichen. Diese Zeichen sollten von den Fans ja nicht erkannt werden. Und es sollte auch nicht irgendwelche Flaschen oder Becher überall herumstehen. Das sah zum einen blöd aus, außerdem wollten das viele Veranstalter nicht, weil ja in vielen Ecken der Bühne Dunkelheit herrschte und somit Unfallgefahr bestand. Ich verbarg mich also den größten Teil der Show über hinter einem schwarzen Vorhang und konnte nur durch einen relativ schmalen Spalt, für die Zuschauer unsichtbar, das Geschehen auf der Bühne verfolgen. Ich musste also konzentriert sein. Ich musste alle Getränke griffbereit haben – alkoholfreies Bier, Cola, kalten Kaffee! - und Orangensaft und Wasser – alkoholische Getränke waren verständlicherweise meistens verboten – sie wurden auch nicht verlangt. Alle Bandmitglieder feierten erst nachts, nach der Show. Dann floss meist Champagner, Bourbon, Bier und Wein in größeren Mengen. Aber längst nicht jeden Abend. Keiner der Gruppe übertrieb es mit dem Alkohol. Vollgesoffen hatte ich nie einen von ihnen gesehen. Stark angeheitert, ja, aber nie so, dass einer nicht mehr klar reden konnte. Das wäre auch nicht gut gewesen. Es gab zu viele Negativbeispiele – Rockstars, welche sich tot gesoffen hatten, oder welche, die sich im besoffenen Kopf mit dem Auto um einen Baum gewickelt hatten. Nun, letztendlich war es auch der Job von Sam und den Anderen: Kai, Lars, Tom und Ben, jeden Abend auf der Bühne zu stehen und zu spielen. Das konnte man nicht, wenn man abgefüllt ist. Und ja, wie gesagt: unser Job war es, das Bühnenbild und die Verstärker aufzubauen, für Essen und Trinken zu sorgen – und ja, dies taten gerade die Anderen, meine Kollegen – die Fans zurückhalten. Nicht selten waren es die weiblichen Groupies, diejenigen, die in der ersten und zweiten Reihe ihre T-Shirts lüfteten, um ihre prallen Brüste zu zeigen, welche man am meisten abhalten musste.

Die Band gab es seit acht Jahren. Erfolgreich waren sie von Anfang an, so richtig ab ging es jedoch seit der letzten CD, die im letzten Jahr erschienen war, wegen der wir nun auf Welt-Tour waren. Gott sei Dank. Bis dahin war ich arbeitslos. Ich muss zu meiner Schande gestehen, dass ich nie etwas bodenständiges, so, wie es mein Vater gerne gehabt hätte, gelernt hatte. Nein, ich war bereits fünfundzwanzig Jahre alt, und hatte nur meine Musik im Kopf. Nachdem ich mit sechzehn aus der Schule gekommen war, hatte ich selbst eine Band gegründet. Wir spielten in des Vaters Garage eines Kumpels. Wir träumten vor uns hin – eines Tages würden wir entdeckt werden, und dann würden wir berühmt und reich werden. Wir würden Erfolg haben. Wir waren noch nicht einmal so schlecht.

Aber das Musikgeschäft ist schwieriger als die meisten sich vorstellen. Es ist nicht so, dass man nur – so, wie wir es dachten, einfach nur ein wenig Glück braucht, bis man entdeckt wird. Nein, es gehört Können dazu. Man muss nicht nur gut sein, wie gesagt: gut waren wir auch. Nein, man musste verdammt gut sein – so, wie diese Jungs da draußen auf der Bühne. Sie waren, dass musste ich neidlos zugestehen, um Welten besser, als wir es jemals waren oder hätten sein können. Aber letztlich bekam ich diesen Job wegen meiner Musik. Die Gruppe suchte in einem lokalen Zeitungsblatt Roadies, welche sich mit Musikinstrumenten und Verstärkern auskannten. Die Verstärker mussten ja ordnungsgemäß angeschlossen werden. Und auch an den Gitarren konnte man einiges kaputt machen, ging man nicht anständig damit um. Nun, so kam es zum Vorstellungsgespräch, wie bei jedem anderen Job auch und sie stellten mich ein. Ich war der erste in der Truppe. Dann kamen Karl, Sepp, Toni, Andy, Markus, Fred. Alle etwa in meinem Alter. Etwas jünger, etwas älter. Es war eine gute Truppe. Auch die Stars. Keiner von ihnen hatte Allüren. Im Gegenteil. Nach kurzer Zeit verstanden wir uns alle prächtig. Wir aßen und tranken zusammen, saßen an einem Tisch, erzählten uns Witze und Story's aus unserem Leben. Das Einzige, was wir versprechen mussten, was sogar Bestandteil unseres Vertrages war, wir sollten nichts nach außen geben, schon gar keinem von der Regenbogenpresse. Dies wäre ein Kündigungsgrund gewesen. Aber, und dafür legte ich die Hand ins Feuer, wäre es auch keinem – auch nicht für ein paar Hundert Dollar oder Euro, in den Sinn gekommen, etwas zu erzählen, was die Welt nicht wissen sollte. Ich würde auch nicht wollen, dass Hinz und Kunz alles von mir wissen würden. Nein, das tat man nicht, aus dem Nähkästchen plappern - aber, was viel wichtiger war: wir vertrauten uns alle. Zur Truppe gehörten ja noch mehr an. Der Tour-Manager, die Tontechniker, die Beleuchter und die Fahrer, welche die acht LKWs und den Bus fuhren. Alles in allem war unsere kleine Firma, wenn man es so nennen will, zweiundzwanzig Mann stark. Wobei einer der „Männer" – eine Frau war, eine Tontechnikerin also. Myra.

Uns allen ging es gut. Alles klappte bisher reibungslos. Nichts war zu Bruch gegangen. Noch nicht einmal ein Glas Wasser war bis jetzt auf den Boden gefallen. Man konnte sagen, alles war, wie es sein sollte. Ja, mir wurde, etwa zu dem Zeitpunkt, bewusst, dass sogar die Liebe zugeschlagen hatte. Die Blicke von Myra hatten mich einen Tag vorher mitten ins Herz getroffen. Und ich hatte das Gefühl, dass es ihr ebenso erging. Dieses Gefühl hatte sich an dem Tag bestätigt. Sie lächelte mich morgens schon an und fragte nach, wie es mir ginge. Wir plauderten und flirteten und turtelten nach dem Mittagessen, bei dem sie sich neben mich gesetzt hatte. Das Dessert bekam ich von ihr – in Form eines Kusses. Nach dem Kuss war sie mitsamt ihrem leeren Teller wortlos aufgestanden, um ihr Geschirr wegzubringen. Sie hatte wohl noch etwas zu tun gehabt. Jedenfalls hatte ich sie an dem Tag nicht mehr gesehen. Erst jetzt, während der Show entdeckte ich sie wieder. Sie befand sich auf einem Podest, welches sich am Ende der Halle befand. Sie tat ihren Job und saß vor ihrem Mischpult. Sie konnte mich aber nicht sehen.

„Vielleicht würde ich sie nach der Show noch sehen", dachte ich in dem Moment.

An dem Tag sah ich sie allerdings nicht mehr. Vor der Show hatte der Tour-Manager jedem von uns einen Zettel mit der Nummer des Hotelzimmers in die Hand gedrückt. Und nach der Show hatten wir uns einfach aus den Augen verloren. Ich traf mich noch mit den Anderen in der Hotelbar und sie musste wohl sofort ins Bett gegangen sein.

Einen Tag später.

Der Tag begann so gut, wie der gestrige geendet hatte. Alle trafen sich zum Frühstück im Restaurant des Hotels. Auch Myra stand plötzlich vor mir. Sie war verdammt hübsch. Blonde, halblange Haare, welche zu einer Pagenfrisur gekämmt waren, und Stahlblaue Augen hatte sie. Einen vollen, Kirschroten Mund. Und sie küsste mich erneut als Erste. Dann sagte sie: „Guten Morgen, mein Hübscher."

„Guten Morgen", antwortete ich - „du bist hübsch, ich doch nicht. Meine Haare nicht gewaschen und zottelig, ich bin unrasiert."

„Wie es mir gefällt - du hast interessante Augen. Ich schaue immer zuerst auf die Augen. Ich mag braune Augen. Deine sind geheimnisvoll, groß und schön. Und du hast schöne Hände."

„Das, was du zu mir sagst, das hat noch nie jemand zu mir gesagt. Ich meine, sollte nicht ich, der Mann, dich – die Frau, mit Komplimenten überschütten?"

Sie lächelte und meinte: „Küss mich lieber, statt zu schwatzen", und tat es. Sie drückte sich an mich und küsste mich so, wie ich noch niemals geküsst wurde – so, dass ich dachte: „Man, geht die ran."

Jemand, ein anderer Hotelgast, schubste mich ein wenig an der Schulter an.

„Ich will ja nur ungern eure Romanze stören. Aber könnt ihr nicht den Weg freimachen? Ich würde gerne Frühstücken."

Tatsächlich stand er mit seinem Tablett hinter uns an dem Selbstbedienungsbuffet. Wir lösten unsere Umarmung, entschuldigten uns, und bedienten uns indem wir unsere eigenen Tabletts mit allem füllten, was das Buffet hergab. Brötchen, Marmelade, Butter, Honig und Kaffee – das hieß, Myra nahm Tee. Wir hatten alle Schildchen mit einem roten V für VIP um, das bedeutete, dass wir zur Band gehörten, und an der Kasse nichts zu zahlen brauchten. Ich schaute mich um. Neben Sam, dem Furzer und Chef der Band, waren noch zwei Plätze frei. Ich schaute fragend Myra an, sie nickte kaum merklich, und so machten wir uns, mit unscrcn Tabletts in der Hand auf, und setzten uns zu ihm an den Tisch. Er sah uns kommen und lächelte uns an: „Na, ihr frisch Verliebten, das ging aber schnell bei euch. Ja, setzt euch zu mir" – sagte es und kaute dann weiter. Nein, seine Mutter hatte wohl versäumt ihm das eine oder andere an Manieren beizubringen. Das man nicht furzt oder mit vollem Mund spricht, zum Beispiel – aber ansonsten war er ein Typ, den man seinen besten Kumpel nennt, jemand, mit dem man Pferde stehlen kann. Wir setzten uns und aßen.

Nach etwa zwei Minuten kam der Tour-Manager an unseren Tisch. Er hieß Stan, er überreichte Sam wortlos ein Kuvert. Mir fiel gleich auf, dass keine Briefmarke darauf war. Sam bemerkte dies auch, weshalb er fragte, wo der Brief herkam.

Es kam nur eine knappe Antwort: „Der an der Rezeption hat ihn mir gegeben", sagte Stan mit seiner rauen Stimme, die vermuten ließ, das er Kettenraucher wäre, was jedoch nicht der Fall war.

Sam öffnete das Kuvert – und erschrak. Er hielt ein Foto in der Hand, auf dem Satan zu sehen war. Das heißt – ein Gesicht, ähnlich dem eines hässlichen Menschen. Eher das Gesicht eines Ziegenbocks. Die Augen leuchteten rot und waren eher die Augen einer Schlange, statt der eines Menschen. Ebenso die herausgestreckte Zunge gehörte einer Schlange. Sie war schwarz, lang und gespalten – dann waren da noch wirre schwarze Haare und die kleinen, aber kräftigen spitzen Hörner, tatsächlich die eines Ziegenbocks. Ein Bild eben, wie man sich den Teufel vorstellt. Sam legte das Foto ab und nahm den Zettel heraus, welcher sich noch darin befand.

Singe das Lied. Singe das Lied für Satan, deinen Schöpfer – oder stirb.

Dann stand da noch ein Text. Da ich neben ihm saß, konnte ich mitlesen. Der irre Schreiber hatte tatsächlich einen Text verfasst und wollte wohl allen Ernstes, dass Sam das Lied singen sollte!

Come, and see the Devel (Komm, und siehe den Teufel)

You need his helping hand (du brauchst seine helfende Hand)

Give your love forever (gib deine Liebe für immer)

He is the voice, your god (er ist die Stimme, dein Gott)

The fallen Angel (der gefallene Engel)

the rat, the mad (die Ratte, das Böse)

And live for him (Und lebe für ihn)

Live for him… or die, Live for him or die (Lebe für ihn, oder stirb)

Sam trank seinen Kaffee aus. Dann stand er auf und lief samt Brief zum Manager. Was sie redeten, bekam ich nicht mit, Myra leckte sich die Lippen, während sie mir mit einem ihrer Füße zwischen die Schenkel glitt. Dann teilte sie mir flüsternd mit, dass unter ihrem Minirock kein Höschen wäre – sie grinste schelmisch bei den Worten. Nachdem sie mir zugezwinkert hatte, standen wir auf, ließen unsere Tabletts einfach stehen, und verließen das Hotelrestaurant wortlos. Wir würden bis nach dem Mittagessen nichts zu tun haben. Diese Zeit verbrachten wir in Myras Zimmer. Schon im Lift, den wir für uns hatten, begann sie mich, wie es so schön heißt, zu vernaschen. Sie war – so nennt man das wohl – scharf wie ein Rasiermesser. Erst nach dem leisen Glocken-Ping – welches der Aufzug von sich gab, um uns mitzuteilen, dass wir nun im vierten Stock angekommen waren, veranlasste sie, sich von mir zu lösen. Ihr

Zimmer hatte die Nummer 411 – direkt um die Ecke.

Und ich dachte nur: „Man, was für eine Frau" – und ich vergaß in den nächsten Stunden die Welt um mich. Sie machte mich so verrückt, dass ich alles um mich herum vergaß. Was ich arbeitete, wie alt ich war, und selbst wenn mich jemand, in dem Moment, wo wir uns liebten, gefragt hätte, wie ich heiße – hätte ich erst wieder auf den Boden kommen müssen, um die Frage zu beantworten. So leidenschaftlich, wild und hemmungslos liebten wir uns.

Ich vergaß sogar den Brief, der an Sam gerichtet war – aber dieser würde uns noch alle beschäftigen.

Erst, als wir uns angezogen hatten, um zum Essen zu gehen, fragte sie mich: „Eh, du wilder Hengst – wie heißt du eigentlich?"

Ich musste erst herzhaft lachen, bevor ich antwortete: „Frank, ich heiße Frank.

Es wurde Zeit, dass wir nach unten kamen. Nach dem Mittagessen ging es immer Rund. Vor allem, wenn wir, wie heute, ab- oder aufbauen mussten. Es genügte meist der Nachmittag zum Aufbau oder Abbau und Verladen des Equipments. Bis abends zwanzig Uhr – spätestens, musste jeweils alles stehen. Die letzte Schraube verschraubt, das letzte Kabel gelegt sein. Das hieß, dass uns je etwa sechs bis sieben Stunden blieben. Genügend Zeit, wenn man nicht bummelte. Das Ausladen dauerte stets etwa zwei Stunden. Dann war die Anlage, also die Verstärker, auf der Bühne. Sie mussten gestapelt und angeschlossen werden. Dies dauerte ebenso etwa zwei bis drei Stunden. Zeitgleich verkabelte Toni, unser Elektriker, die Beleuchtung und das Mischpult. Die Beleuchtung wurde dann mit vier Flaschenzügen nach oben gezogen und befestigt. Die letzten ein bis, wenn es gut lief, zwei Stunden nutzten wir um das Banner und die Leinwand aufzuhängen, und ein wenig Pyrotechnik zu installieren. Zeitgleich machten die anderen ihren Soundcheck. Defekte Kabel, Lampen oder Mikrofone mussten, falls nötig, nun noch schnell gewechselt werden. Einlass war stets kurz vor zwanzig Uhr. Bis der letzte Handgriff getätigt war, und es losgehen konnte, verging meist noch etwa eine viertel bis eine halbe Stunde. Spätestens dann mussten wir von der Bühne sein und alles funktionieren, bevor der Vorhang sich öffnete. Der Abbau, wie heute noch, erfolgte in umgekehrter Reihenfolge. Alles musste nach einem bestimmten Schema wieder in die Sattelschlepper. Sonst hätte nicht alles gepasst und der Wiederaufbau wäre komplizierter gewesen.

Wir kamen also ins Restaurant, doch statt, wie sonst in fröhliche Gesichter unserer Kollegen zu blicken, saßen alle nur bedrückt an ihren Tischen, denselben, an denen sie heute Morgen gesessen hatten. Es waren jedoch, wie sich kurz danach herausstellte, noch zwei Polizisten in Zivil anwesend. Einer, im zweifarbigen Anzug – scheinbar der Chef, lief mit auf dem Rücken verschränkten Armen im Kreis, und stellte Fragen. Der Andere, in Bluejeans und kariertem Hemd, notierte alles in einem kleinen Block. Die Szene erinnerte mich an eine alte Serie, die früher im TV lief.

Als der etwas ältere der Beiden, der mit dem beige/braunen Anzug uns erblickte, erkannte er unsere Schildchen und folgerte daraus, dass wir zum Team gehörten und fragte dennoch: „Gehören sie auch zur Truppe?" Und, noch bevor er unsere Antwort abgewartet hatte, bat er uns herein. „Bitte setzen sie sich an denselben Platz, wo sie zum Frühstück gesessen haben. Wir taten es.

Ich war gespannt, was nun folgen würde. Er fragte: „Wie sie wissen erhielt ihr Chef heute Morgen einen seltsamen Brief. Ihr Chef war so klug sich an uns zu wenden… „können sie, oder einer von euch beiden, mir etwas zu dem Brief sagen?"

Myra und ich blickten uns an und schüttelten beide, man konnte sagen synchron, verneinend den Kopf. „Nein" – fügte ich noch laut vernehmlich hinzu, weil der Polizist mich ein wenig ungläubig ansah – „wir wissen nur, was sie wohl schon wissen. Dass unser Tourmanager Stan den Brief gab, und ja, ich konnte mitlesen – ich saß ja wie jetzt neben Sam – las, was darin stand. Ich sah das Foto und den Liedtext. Nehmen sie den Brief für so ernst? Ich denke, dass er von einem harmlosen Spinner stammt."

„Nun, ich hoffe, dass sie recht haben, und alles im Sande verläuft. Aber ja, zunächst einmal muss man eine Morddrohung ernst nehmen." Er nahm den Brief aus seiner Innentasche und las vor: „Also übersetzt heißt das – Lebe für ihn oder sterbe - gemeint ist wohl: lebe für Satan oder den Teufel oder sterbe. Nun, ob das nun nur Bestandteil des Textes ist oder eine ernst gemeinte Drohung. Dies wird sich noch zeigen. Wir müssen nur wissen, wo wir anfangen, wo wir nachhaken können, sie verstehen. Wir haben den Herrn an der Rezeption bereits befragt. Er sagt ein kleiner, etwa zehn Jahre alter Junge hat den Brief übergeben. Das dürfte jedoch nicht der Verfasser des Schreibens sein. Nun" – er wandte sich zu Sam, „Sie haben meine Karte, bitte melden sie sich, wenn ihnen noch etwas einfällt."

Dann schaute er seinen Kollegen an und sie verließen das Restaurant. Und wir begaben uns nacheinander an das Buffet. Wir aßen – aber die Stimmung war das, was man bedrückt nennen würde. Jedenfalls nicht so fröhlich und ausgelassen wie sonst. Nun durften auch die anderen Hotelgäste herein. Sie mussten bis jetzt am Eingang des Restaurants stehen bleiben. Ein Polizist in Uniform machte, nachdem die beiden Zivilen den Raum verlassen hatten, den Weg frei.

Nach dem Essen, für welches wir uns beeilen mussten, machten wir uns dann, schneller als sonst, auf den Weg, um die Bühne abzubauen. Die Nacht über würden wir durchfahren, um dann Morgennachmittag in Washington wieder alles aufzubauen.

Wir machten uns, immer noch weitestgehend ohne viele Worte zu verlieren, zügig an die Arbeit. Das Abbauen ging immer etwas schneller voran. So waren wir gegen achtzehn Uhr so gut wie fertig. Wir gingen alle auf unser Zimmer, um uns frisch zu machen, zu duschen und umzuziehen, um uns dann gegen neunzehn Uhr wieder im Restaurant zum Abendessen zu treffen. Doch die Stimmung war noch immer unten. Daran würde sich heute wohl nichts mehr ändern. Nur mir und Myra ging es einigermaßen gut. Wir verzogen uns nach dem Abendessen wieder auf Myras Zimmer. Wir waren eben frisch und zutiefst verliebt.

Kapitel 3

Washington

Washington, so stellte sich heraus, war eine schöne Stadt. Alte Häuser aus der Kolonialzeit prägten die Altstadt. Und es gab auch nicht so viele Wolkenkratzer, weswegen sich ein harmonisches Gesamtbild ergab. Mittendrin die Sehenswürdigkeiten, wie das Weiße Haus und das Washington Memorial, toll – das hätte ich nicht erwartet. Unser Ort für den nächsten Auftritt war etwas außerhalb. Ein Fußballplatz – das einzige Open-Air-Konzert der Tour. Zur unserer Erleichterung stellten wir fest, dass das Grundgerüst, die eigentliche Bühne, bereits stand. Wir brauchten nur wie gewohnt aufzubauen. Das taten wir, nachdem wir ausgestiegen und uns gestreckt hatten. Die Fahrer waren rückwärts an die Bühne gefahren. Der Aufbau ging uns flott von der Hand.

Am Abend verlief alles wie erwartet. Die Show konnte beginnen. Einlass. Der Platz füllte sich schnell, vor allem die Reihe vor der Absperrung war wie immer schnell besetzt. Wie auch die folgenden Reihen. Die seitlichen Ränge füllten sich nicht so schnell.

Sam Xanto kam, kurz bevor wir fertig waren, vorbei. Er klopfte mir auf die Schulter. Er würde gleich den Soundcheck beginnen – „Na, Frank, alles im Lot, habt ihr es gleich gepackt?"

„Ja, wir sind so gut wie fertig", antwortete ich. Man merkte ihm an, dass er sich wieder besser fühlte. Die Schlechte Laune schien vergessen. Sein Handy läutete, und er sagte: „Moment mal" – zu mir, und fischte sein Handy aus seiner rechten Jeanstasche. Er wendete sich etwas von mir ab, damit ich nicht sein Gespräch mitbekam. Ich blieb zunächst einmal stehen, vielleicht wollte er ja noch etwas von mir.

Plötzlich schrie er ins Telefon: „Was? Nein! Natürlich nicht! Was soll die Scheiße – wo hast du überhaupt diese Nummer her? Du Spinner."

Beim Anrufer musste es sich um einen Amerikaner handeln, denn Sam sprach englisch. Dieses Mal wandte er sich nicht ab, und ich fragte mich, ob er nicht wusste, dass ich diese Sprache auch sprach, oder, ob er wollte, dass ich mithörte, sodass er einen Zeugen hatte – oder, die dritte Möglichkeit; war es ihm egal, dass ich mithörte, beziehungsweise, nahm er mich überhaupt wahr? Oder war er zu sehr damit beschäftigt, sich auf den Anruf zu konzentrieren? Ich wusste es nicht, war auch egal. Die Situation war schlimm genug. Der Druck, der nun auf Sam lastete, war groß. Ich wusste, wie es ist, wenn man einen Auftritt hat. Ich spielte mit meiner Band vor etwa dreißig Leuten. Da war bereits Adrenalin im Spiel. Sam spielte vor dreitausend, ja sogar – wie heute Abend, vor dreißigtausend Menschen. Er verdiente sein Geld damit. Die Presse war anwesend. Das war sie immer. Nicht unbedingt ein TV-Sender, oft war es nur ein lokales Blatt, aber vorhanden war jemand von den Reportern immer. Es stand also erheblich mehr auf dem Spiel, wenn er sich verspielte oder beim Singen einen falschen Ton traf. So was kann schon mal passieren, wenn man dermaßen unter Druck steht.

Sam sprach weiter: „Ich kann doch den Text nicht Singen, es gibt ja keinen Song dazu, und selbst wenn, wie käme ich dazu? Was sollte das auch? Keiner der Fans kennt... ach, was sollte das auch bringen? Das ist doch absurd. Ein Lied singen für Satan, ich glaube nicht an ihn, ich mache Musik. Musik die die Leute hören wollen - das heißt nicht, dass ich schwarze Messen abhalte!"

Ich stand Sam nahe genug, dass ich verstand was der Anrufer sagte, er sagte es wohl auch laut und deutlich: „Tu es, oder es werden Menschen sterben. Und du wirst dann daran schuld sein." Und nach einer Gedenksekunde wiederholte der Anrufer seine Forderung: „Tue es… heute Nacht… singe für ihn… für ihn!"

Der Anrufer hörte sich irre an – besessen!

Dann legte er auf. Sam zitterte merklich, als er die rote Taste seines Telefons drückte, um auch seinerseits das Gespräch zu beenden. Sam schaute mir in die Augen. Ich kannte ihn doch schon recht gut. Er war immer cool, immer witzig, hatte stets einen lockeren Spruch drauf – wie, tritt nicht auf meinen Frosch. Ich musste noch später darüber lächeln, als ich wieder daran dachte. Aber der Blick nun. Die Besorgnis, diese Hilflosigkeit, die in seinen Augen stand. So dürfte ihn noch niemand vor mir gesehen haben.

„Warum passiert mir so etwas?" – fragte er mich.

Ich konnte ihm, so sehr ich es auch gewollte hätte, nicht helfen. So konnte ich nur die Schultern heben und den Kopf schütteln. Auch ich hatte keine Antwort auf diese Frage. Mein Gott. Vor mir stand ein Rockstar. Jemand, der mittlerweile weltweit, von einem Millionenpublikum geliebt, verehrt und bewundert und vergöttert wird. Wie das bei jedem Rockstar, welcher Weltruhm erlangt hat, der Fall ist. Und dieser Unbekannte, dieser Idiot, der wohl allen Ernstes Satan anbetete, der wollte, das Sam heute, während der Show ein Lied singt. Ein Lied für Satan, geschrieben von einem Irren. Das war schon heavy – und ich konnte nur ahnen, wie es Sam nun erging.

„Die Telefonnummer – sie sollte auf dem Display angezeigt sein. Du solltest sie der Polizei geben."

Sam nickte erst ja – dann nein, dann wieder ein bejahendes Kopfnicken. Dann sagte er, was ihn so bewegte: „Klar muss ich das machen. Aber, ich kann mir auch vorstellen, was sie mich dann fragen werden. Woher hat er meine Nummer? Ich überlege ja selbst fieberhaft, wem ich die Nummer gab. Ich verstehe die ganze Scheiße nicht."

Aber dann kramte er die Visitenkarte des Polizisten aus New York aus der Tasche. Ich erinnerte ihn, dass wir hier in Amerika waren und nicht im kleinen Deutschland: „Hier haben sie Zuständigkeiten – New York ist zu weit weg. Du musst zu jemandem hier vor Ort."

Er nickte nur, und wählte die Nummer, welche durch den elften September 2001 zu Berühmtheit erlangte – die 911. Nach etwa drei Klingelzeichen meldete sich jemand am anderen Ende der Leitung mit den Worten: „How can i help you?"

Und für einen Moment kam Sam ′s seltsamer Humor zurück, indem er antwortete: „Yeh, beame mich hoch, Scotti."

„Sir?" – verstand ich, und ich stellte mir jemand vor der ungläubig dreinblickte.

„Ja, hier ist Sam Xanto, und ich habe ein Problem." Und Sam schilderte um was es ging. Der Polizist schien zu glauben, dass er verarscht werde. Er fragte, soweit ich mitbekam, noch einmal nach, wer am Apparat sei. Klar, welcher normale Polizist glaubt schon, wenn ein Rockstar anruft, dass es der auch wirklich ist?

„Das ist leider kein Spaß, bitte verbinden sie mich mit ihrem Chef."

Nach einigen Klingelzeichen, Sam wollte schon auflegen, meldete sich dann doch noch jemand und Demjenigen schilderte Sam dann wieder alles, und er fügte hinzu, dass die Sache bereits in New York begonnen hatte, die Polizei dort bereits eingeschaltet war – „und ja,

nun geht es hier weiter und er macht das mit mehr Nachdruck",
erklärte Sam weiter.

„Nun, dann müssen wir was tun" – vernahm ich die Worte von
jemandem, den ich mir als zwei Meter großen Hünen vorstellte. So
eine bärbeißige Stimme hatte der Anrufer am anderen Ende der
Leitung, und ich bewunderte, nebenbei erwähnt, die Leistung des
Handys, da ich alles gut verstanden hatte. Die beiden machten dann
aus, dass sie sich gleich treffen würden. Etwa in einer halben Stunde,
das hieße: kurz nach 17Uhr.

Sam schien nichts mehr von mir zu wollen und ich konnte nichts
tun. Ich ging wieder an meine Arbeit und ließ ihn stehen, wobei ich
mir schäbig vorkam. Ich spürte förmlich seinen Blick in meinem
Rücken. Aber was konnte ich tun? Die Polizei war eingeschaltet. Sie
würden wissen, was zu tun ist. Jedenfalls war dies der erste Moment,
wo ich nicht in seiner Haut stecken wollte. Es war einer dieser
Momente, an dem einem klar wurde, dass auch die Großen, Reichen
und Mächtigen, dieser Welt auch nur aus Fleisch und Blut waren.
Ich hatte ihn als guten Menschen kennengelernt. Er hat, wie man so
sagt, das Herz am rechten Fleck. Ihm wünschte man stets nur alles
erdenklich Gute. Niemand, der ihn näher kannte, hätte ihm je etwas
schlechtes gewünscht. Nun, wenn ich könnte würde ich ihm helfen,
diesen Entschluss traf ich in dem Moment.

Ich beschloss zu Myra zu gehen. Sie würde mich ablenken, wieder
auf andere Ideen bringen. Sie saß vor ihrem Mischpult: „Na, wie
weit bist du?", fragte ich, und schenkte ihr mein schönstes Lächeln.
Sie küsste mich flüchtig zur Begrüßung: „Wir warten auf Sam, für
den Soundcheck."

Ich erklärte ihr die Situation: „Sam wird momentan keinen Bock
haben", fügte ich hinzu – „der Ärmste."

„Ich kapier´s nicht. Was will der Idiot von ihm? Wir sind mitten auf Tour - hätte der nicht später quengeln können? Ist das nur so´ en dummer Fan?“ – fragte sie genervt.

„Wir wissen noch nichts. Es sieht aber so aus, als ob es ein Satanist wäre, der wirklich nichts anderes will, als dass Sam dieses Lied singt, für Satan!“

„Dann soll er´s halt tun, mein Gott.“

„Er trifft sich gleich mit einem Polizisten. Vielleicht rät der ihm das Gleiche. Wir werden abwarten und sehen müssen, was geschieht. Wenn ich kann, helfe ich ihm. Es kommt auf die Situation an. Erst dann kann man entscheiden.“

Myra nickte. „Dann haben wir noch etwas Zeit. Gehen wir noch einen Kaffee trinken?“

Ich schaute auf meine Armbanduhr: „Klar doch“, entschied ich, und steckte ihr die Rechte hin. Sie nahm meine Hand und wir verließen das Stadion, um in das Cafe um die Ecke zu gehen. Der Aufbau ging ja schnell vonstatten. Wir würden eine gute halbe Stunde Zeit haben. Den Soundcheck konnte auch Myras Kumpel alleine machen, falls Sam vor uns da sein sollte. Und die Bühne stand quasi. Wirklich vermissen würde uns beide genaugenommen keiner. Erst zur Show müssten wir anwesend sein. „So gesehen könnten wir den Kaffee beinahe eine Stunde ausdehnen“, dachte ich.

Und so war es dann auch. Wir gingen gegen 19Uhr zurück. Also eine Stunde vorm Einlass. Wir kamen, und mussten feststellen, dass eine gewisse Aufregung herrschte. Mein Kollege Tom stand mit dem Rücken zu mir. Sie standen alle im Kreis. Zwei Fremde, wahrscheinlich die Polizisten, waren noch dabei. Und außer Sam, den anderen Musikern und Tom, war noch Stan Tucker, unser

Tourmanager. Er hielt eine Tafel, bei genauerem hinsehen, eine Grau-Beige Steintafel in der Hand. Sie war oben abgerundet, erinnerte an die Tafeln von Moses – die, auf denen die zehn Gebote Gottes standen. Vor Stan Tucker´s Füßen stand ein Karton. In ihm, so konnte ich, nun, da wir bei den Anderen angekommen waren, erkennen, dass noch mehrere Tafeln darin enthalten waren. Die Aufkleber auf dem Karton kündeten davon, dass der Karton ganz normal mit der Post kam.

„Was ist hier los?“ – fragte ich Tom flüsternd.

„Polizei hier, Paket kam, Tafeln mit Hieroglyphen drinnen, beraten, was sie tun sollen“, informierte er mich stichwortartig und ebenso flüsternd, wie ich es tat.

„Ergebnis?“

„Noch keins. Sie müssen erst herausfinden, was auf den Tafeln steht. Sam wird die Show normal beginnen, aber nicht diesen beschissenen Text singen.“

Ich nickte: „Hat er recht“, überlegte ich laut – und Tom und Myra nickten.

„Wer sind sie?“, fragte mich einer der Polizisten.

„Unsere frisch Verliebten?“, schmunzelte Sam Xanto, und antwortete somit für uns zwei – „ja, die zwei gehören zum Team. Frank und Myra.“

„Können sie uns etwas zum Fall sagen?“

„Nein, wir waren einen Kaffee trinken“, antwortete Myra knapp.

Dann blickte der Polizist zu mir, er wollte es auch von mir wissen. Die Situation erinnerte mich an die letzte Begegnung im Hotelrestaurant – ich antwortete: „Was soll ich sagen? Ich weiß nichts. Tom hier" – ich legte hierbei kurz meine Hand auf seine Schulter – „wir bauten die Bühne auf, die Verstärker und so. Alles war wie immer. Ich habe nichts gesehen, was nicht war, wie es immer ist, und so kann ich auch nichts sagen. Wir", und ich zeigte auf Myra – „kamen eben, und ja mehr ist nicht. Das Einzige, was ich sagen kann, ist, dass keiner von uns versteht, was das soll, und es uns alle auf den Geist geht. Wir wollen alle nur unseren Job machen, genauso, wie sie gerade, Herr Kommissar."

Er nickte: „O.k., das wäre es dann vorläufig." Er schaute auf seine Uhr. „Dann will ich ihnen viel Glück wünschen. Die Show beginnt ja gleich. Kann ich da bleiben? Im Hintergrund?"

Sam nickte nur bejahend, und der Polizist erwiderte das Nicken. Er verstand wohl, dass uns allen die ganze Situation störte, registrierte jedoch ebenso, dass wir alle bemüht waren zu helfen, um möglichst schnell wieder zum normalen Alltag zurückzukehren.

Kapitel 4

Teil 2

Der Anschlag

Stan Tucker kramte in seiner Hosentasche. „Ja, ich hab tatsächlich noch zwei", sagte er augenzwinkernd, und drückte den beiden Polizisten je eine VIP-Karte in die Hand. Dann verteilten wir uns. Jeder kannte seinen Platz. Das hieß, Sam wies mich an, die zwei Polizisten mit Backstage mitzunehmen. Ich nickte, und die Beiden folgten mir ohne Worte.

Etwa eine viertel Stunde später begann die Show. Alles verlief wie gewohnt. Vor allem Sam konnte man attestieren, dass er ganz Profi war, er ließ sich nichts anmerken. Er war so gut wie immer.

Der letzte Song. „Tell me your Name tonight" – ertönte. Etwa zwei Minuten vor Schluss, passierte es dann. Vorne, dort, wo Tom und die Anderen an der Absperrung standen. Die Absperrung explodierte. Der Knall war unglaublich laut. Also, die Gitter selbst explodierten! Die gelb/schwarzen Gitter-Absperrrahmen, sie waren mit Sprengstoff gefüllt. Und dies war besonders schlimm. Kleine und größere Splitter des Stahls flogen durch die Gegend und verletzten so auch Leute, die weiter hinten standen. Vornehmlich traf es hauptsächlich die kompletten ersten beiden Reihen an Leuten – bis hin zur dritten und vierten Reihe. Beinahe alle Menschen dort, wurden verletzt. Viele waren auch auf der Stelle tot. Das konnte man erkennen, auch ohne Arzt zu sein. Überall war alles voller Blut. Die Explosion war stark genug Körperteile derer abzutrennen, die sich wohl am Geländer festhielten. Es mussten weit über 200 Menschen sein, die nun weinend und panisch schreiend und blutend umherirrten. Auch die Leute die nicht verletzt waren, gerieten in Panik und rissen andere um. Den Menschen sah man das Entsetzen an. Es war in Ihren Gesichtern geschrieben. Sie stolperten über die Toten und Verletzten, was zu noch mehr Verletzungen führte. An den Ausgängen gab es noch mehr Verletzte, da an den dortigen Drehtoren zu viele Leute gleichzeitig den Ort verlassen wollten. Der Platz, der bis eben ein Ort der Freude und des Lachens war, hatte sich in einen Ort des Grauens und Schreckens verwandelt. Was mir niemals mehr aus dem Gedächtnis wisch, war ein abgetrennter Unterarm, der sich scheinbar immer noch am Geländer festzuhalten schien!

Terror! Dies war der treffende Begriff. Und dies nur, weil ein Lied nicht gesungen wurde! Was waren dies nur für Menschen, dachte ich.

„Der Idiot hat bis zum Schluss gewartet", schoss es mir durch den Kopf.

Und der Polizist, er hatte bisher begeistert die Show von hier hinten mit verfolgt - er hieß Mike, so teilte er mir kurz vor der Show mit – er sprach aus, was ich dachte: „Er hat den Song nicht gebracht, da drehte er durch!" Er schrie mich quasi an – „Ja", antwortete ich – war es doch genau das, was wohl alle dachten.

Mike nahm seinen Sprechfunk heraus. Er wirkte ganz ruhig. „Ja, hier Spencer. Wir brauchen hier dringend Krankenwagen. Nicht nur einen… mindestens… so viel wie's geht. Schickt alles. Es wurde ein Attentat verübt. Mindestens fünfzig Verletzte. Er drückte erneut ein paar Knöpfe auf seinem Walki-Talki. Nun forderte er Verstärkung an. Mannschaftswagen. Polizisten, welche hier die aufkommende Panik eindämmen sollten, oder doch wenigstens Ordnung in die Menge bringen sollten. Die vorhandenen, vorgeschriebenen Security-Kräfte taten an den Ausgängen, wo sich nun immer mehr Leute drängten, alles Menschenmögliche. Aber sichtlich, das erkannte Mike mit seinem routinierten Blick, waren die Sicherheitsleute unterbesetzt und, vor allem, der Situation nicht gewachsen. Wie sollten Sie auch. Es waren zwar geübte Ordner, aber dafür waren es zu wenige. Es war, das erkannte sogar ich, kaum möglich, aus dem Stadion unverletzt herauszukommen. Die Ausgänge waren zu schmal. Beziehungsweise – die Menschen drückten und schoben zu viel von hinten. Hätten sie alle ruhig und geordnet den Platz verlassen, wäre es gut gewesen. So jedoch wartete ich jeden Moment darauf, dass, an einem der acht Ausgänge, jemand hinfiel und dann von den Anderen totgetrampelt würde. Das schlimmste war dieses sinnlose Gedränge. Mike und ich wollten nach vorne, um zu helfen. Wir schauten uns an. Keine Chance voranzukommen. Die Menschen standen so eng, dass man kaum eine Hand zwischen die Leiber hätte schieben können. Kein Hund und keine Maus hätte es nach vorne geschafft. Und wir standen am Ende der Menschenmenge – wie groß, wie stark musste der Druck vorne sein. Dort, wo nun alle auf einmal hinaus wollten! Mike und ich jedenfalls gaben es auf. Uns, auf jeden Fall Mike, war klar, dass ansonsten nun keine Gefahr mehr drohte. Mike gab es als Erster auf und stellte sich lieber an, die zerstörten Absperrgitter zu untersuchen. Ich tat es ihm gleich. Er ermahnte mich jedoch nichts anzufassen. So nahm er erneut seinen Sprechfunk heraus, und forderte die Spurensicherung und die Sprengstoffspezialisten an.

Aber was dann geschah, war geradezu bestialisch! Der, oder wohl eher DIE Täter müssen alles von langer Hand geplant haben. Und Sie waren unnötig grausam! Ein Drehtor nach dem anderen explodierte! Ebenso wie die Absperrgitter waren die Rohre der Tore voll Sprengstoff! Später sollte sich herausstellen, dass es sich um Plastiksprengstoff handelte – C 4, wie es eigentlich nur das Militär verwendet, um beispielsweise Brücken zu sprengen.

Jetzt würde die Zahl der Toten einige Hundert mehr heißen, dessen war ich mir sicher. Ich musste kotzen. Drehte mich ab und übergab mich. Mike tätschelte mir den Rücken. Aber das half nicht. Mir, und tausenden Anderen, die den Anblick vor Augen hatten, erging es wie mir. Es ging mir den Rest des Tages schlecht. Ich war, auch am Abend außerstande, etwas zu essen. Aber einige Biere trank ich... und dies nicht alleine! Die ganze Band und alle Helfer waren zusammengekommen. Jedem Einzelnen, auch den Polizisten, Ärzten und Sanitätern stand das Entsetzen noch abends deutlich ins Gesicht geschrieben... aber, wir alle hatten das Bedürfnis zusammen zu sein. Wir sprachen uns gegenseitig Trost aus, alleine durch die Anwesenheit des Anderen. Es wäre jedem als Verbrechen oder Feigheit vorgekommen, sich in der Situation davonzumachen, und die Anderen somit im Stich zu lassen. Nein, wir blieben zusammen. Die Helfer der Veranstalter begannen aufzuräumen. Sie fegten und halfen den Sanitätern. Und wir standen da, jeder brauchte den Anderen... wir tranken Bier, waren irgendwie hilflos. Wir schauten nur verständnislos in die Runde und uns kopfschüttelnd gegenseitig an. Bis – nach etwa drei, vier Bier, einer den Anfang machte (es war wohl Sam) und sich auf den Weg machte. Danach löste sich die Gruppe langsam auf. Auch Myra schaute mich irgendwann an, nickte kaum merklich und ich verstand: wir gingen ebenfalls nach hause.

Kapitel 5

Teil 3

Die Satanisten/Frank – der Auserwählte

Wie sich herausstellte, hatten wir – Tom, und die anderen, die nicht oder nur leicht verletzt waren, Glück gehabt. Jemand der so gezielt Menschen umbringt, hätte, wenn er es gewollt hätte, alle töten können. Sam und das übrige Publikum, welches letztlich, nachdem die Polizei eingetroffen war, ohne weitere Verletzungen das Stadion verlassen konnten, machten diese Überlegung. Viele waren nur leicht verletzt. Minimale Verbrennungen. Schürfwunden und Prellungen waren, so die Bilanz der Rettungskräfte, die Haupt-Verletzungs-Arten. Weswegen Stan entschieden hatte, bis auf weiteres, wie er in einem Interview, einen Tag später mitteilte, die Tour verschieben, aber nicht abbrechen wollte.

„Wir wollen unsere Fans nicht enttäuschen!" – teilte er mit, und führte weiter aus, dass – „die Tour zu einem noch offenen Zeitpunkt weitergeht." Er - wir alle, wollen warten, ob sich der Terrorist wieder meldet. Erst dann würden wir, in Zusammenarbeit mit den Behörden, entscheiden, wie es weitergeht.

Er wiederholte quasi seine Worte: „Ich betone zum jetzigen Zeitpunkt jedoch, dass wir die Tour nicht absagen wollen… nur die Termine ändern sich. Letztlich wollen wir es aber den Fans selbst überlassen, ob Jemand kommen mag oder nicht, es Jemanden zu gefährlich erscheint. Sollte sich jemand entscheiden, bei den weiteren Vorstellungen, so sie denn stattfinden sollten, wir jedem sein Geld erstatten sollen, so werden wir dies tun. Wir betonen jedoch ausdrücklich, dass von nun an alles Menschenmögliche getan wird – mit der Polizei zusammen, dass es so etwas, wie gestern geschehen, nicht wieder passieren wird. Es wird weitaus mehr Kontrollen geben. Aus unserer Sicht kann die Tour, in einigen Tagen oder Wochen, wenn die Polizei ihre Untersuchungen abgeschlossen hat, dann weitergehen. Wir werden dann die Tour fortsetzen. Wie gesagt – diese Entscheidung wird erst getroffen. Wir geben dann erst die neuen Termine bekannt. Ihre Karten behalten natürlich ihre Gültigkeit. Auch, wenn dann dort ein anderes Datum steht."

Ich hatte, wie alle Anderen, von nun an, bis auf weiteres frei. Myra und ich hörten das Interview, wie Millionen andere, im Radio. Ich fand, dass Stan das gut hinbekommen hatte. Irgendwie wäre es doof gewesen, jetzt alles abzusagen. Es war, wie er es sagte. Es gab zwar viele Tote. Aber - the Show must go on – die Erde drehte sich weiter. Die Fans wären enttäuscht. Und der Band ginge ein Millionenbetrag flöten. Natürlich musste man sehen, was nun kam, um dann zu entscheiden, wie es weitergeht. In dem Moment wurde mir klar, dass Stan dies auch der Polizei, den Behörden, beibringen musste. Ich war mir sicher, dass er das bereits getan hatte, oder noch tun würde. Er würde versuchen die Tour zu retten. Die Verluste so gering wie möglich zu halten. Er wäre ein schlechter Manager, wenn er dies nicht schaffen würde. Das dachte ich in dem Augenblick, als das Interview beendet war. Ich hatte ein gutes Gefühl. So widmete ich mich wieder Myra. Wir lagen im Bett. Wir küssten uns. Sie war mit Abstand das Beste zu der Zeit. Wir trösteten uns gegenseitig. Die Nähe des Anderen tat uns gut.

Noch am selben Abend erhielt Sam von dem (oder denen?) mysteriösen Unbekannten erneut Post. Und wieder hatte er es geschickt angestellt – wohl wissend, dass im Foyer des Hotels Überwachungskameras angebracht waren, legte der Täter unbemerkt den Briefumschlag einfach auf einen der Tische, welche sich in Sitznischen befanden, ab, sodass der Umschlag irgendwann von einem Gast an der Theke abgegeben wurde. Auf dem Umschlag stand, mit einem PC-Drucker gedruckt: *To Sam SATAN* – so nannte sich ja Samuel mit Künstlernamen. Und so dauerte es nicht lange, und Sam erhielt den Brief, zugestellt von einem Hotelpagen. Sam bedanke sich mit einem Zehn-Dollar-Schein, öffnete den Brief jedoch nicht, sondern – so war es vereinbart, er rief sofort den Kommissar – Mike. Da sich dieser sowieso noch im Hause befand, weil er sich, wie ich geahnt hatte, noch mit unserem Manager unterhielt, dauerte es auch nicht lange, und er klopfte an Sams Tür. Hinter Mike kamen noch sein Adjutant und, wie sich herausstellte, jemand von der Spurensicherung mit in die Suite. Dieser öffnete, nachdem er die Fingerabdrücke gesichert hatte, den Umschlag. Nachdem sie den Brief, der ebenfalls mit der Maschine geschrieben war, gelesen hatten, sah der Herr der Spurensicherung in ungläubige Gesichter. Sam, offen wie er war, teilte uns später – wohl in Absprache mit dem Polizisten, den Inhalt des Briefes mit.

„Es ist unglaublich und ich frage nun in die Runde, falls sich jemand damit auskennt, soll er sich melden! Also, in dem heutigen Terroristen-Brief steht ein Hinweis. Ein Rätsel, welches die Polizei bereits zum Teil gelöst hat. Um es kurz zu machen, im Hotelsafe war ein Paket deponiert. Darin waren Hieroglyphen enthalten. Die Polizisten, also ich ahnte ehrlich nicht, dass die Jungs so pfiffig sind", Sam konnte sich bei den Worten ein Lächeln nicht verkneifen – „sie haben einen Linguisten oder Übersetzter innerhalb kürzester Zeit bei-gekarrt. Und dieser hat übersetzt, dass der Herrscher, und dieser Idiot meint damit den Satan… na, jedenfalls dieser Herrscher sagte – und jetzt haltet euch fest, dass es ein Fragment gäbe, auf dem

Mond 99! Unglaublich!" Und Sam schüttelte ungläubig den Kopf-
„Und weiter führt Er, oder Sie, aus, dass A – ich beim nächsten
Konzert diesen Song singen soll! – und, dass B – die Behörden
dieses Ding von diesem Mond holen sollen. Der Übersetzter
interpretierte dies so, dass derjenige wohl meint, dass dann der
rechtmäßige Herrscher - Satan – dann die Welt regieren würde!
Jedenfalls soll ich Satan durch dieses Lied nun endlich seinen
Respekt anerkennen. Und dass dieses Fragment von diesem Mond 99
geholt werden soll, damit dann die ganze Welt Satan huldigt! Also,
ich verstehe das Ganze nicht. Wir wollen doch nur gute Musik
machen. Wir meinen unsere Texte doch nicht wirklich ernst…
unglaublich… das kann doch nicht desjenigen Ernst sein… man."
Er lehnte sich zurück, sichtlich überfordert. Verständlich. Wir alle
waren geschockt und waren natürlich ganz Sams Meinung. Millionen
normaler Fans hatten ihren Spaß. Die Musik war nichts
Außergewöhnliches. Nichts, was es nicht bereits X-Mal gegeben
hätte. Es gab bekanntlich viele Bands, welche Satan als Thema
hatten. Und alle Welt wusste, dass dies keine Band wirklich so
meinte. Es war eine bestimmte Art von Musik, wie Walzer oder eben
Rock´n Roll. Es bewies jedoch, dass es immer Spinner gibt, die alles
falsch verstehen und oder alles auf die Spitze treiben müssen – ja,
sogar irre werden. Sonst nichts mehr im Kopf haben als diesen
Quatsch. Die ganze Sache war total abgehoben. Die Tat eines
wirklich Irren. Konnte man Den überhaupt ernst nehmen? – lauteten
meine Gedanken. Und, als ob Sam meine Gedanken gelesen hatte,
unterbrach er meinen Gedankenfluss indem er sagte: „Die Polizei
meint, dass wir Den oder Sie ernst nehmen müssen. Sonst hätte er
sich nicht die Mühe gemacht. Er oder sie hat oder haben keinerlei
Spuren hinterlassen. Die Polizei rät, zunächst einmal auf seine
Forderung einzugehen. Sie wollen ihn aus der Reserve locken. Sie
warten darauf, dass er oder sie, eine Gruppe, Fehler macht – sich

verrät."

„Heißt das, die Konzerte gehen weiter? – fragte ich.

Sam nickte bejahend. „Ja, wir, das heißt, der Manager, die Polizei und ich, wir beraten uns morgen früh und ja, dann machen wir weiter und ich singe dieses scheiß Lied." Sam hob die Augenbrauen, und führte seinen Satz dann weiter: „Vielleicht hat die Polizei ja recht. Ich denke auch, dass Der oder Die irgendwann einen Fehler begehen". Er ballte die rechte Faust und hielt sie in die Luft, bevor er weitersprach – „und dann krallen wir uns den Scheißkerl." Er lehnte sich vor.

„Und nun die Frage des Abends: wer weiß, wo sich der Mond 99 befindet?

„Moment", überlegte ich. Die Astronomie war schon damals mein Steckenpferd. Der neunundneunzigste Mond, von der Erde aus gesehen, wäre, da bin mir aber ziemlich sicher, dies ist" - ich überlegte fieberhaft und führte meine Gedanken dann laut fort: „wäre der Mond Titan vom Saturn."

„Bist du sicher?" – fragte Sam.

Ich nickte, sagte dann: „Ja, aber ich schaue nochmal nach."

„Mache das." – befahl mir Sam.

Ich ließ mich nicht lange bitten. Ging auf mein Zimmer. Myra im Schlepptau. Oben angekommen schaltete ich meinen Laptop an und schaute im Internet nach. Ich hatte Recht. Es war Titan. Der größte Mond des Saturn. „Die genaue Beschreibung auf der Tafel war der hundertste Mond von der Erde aus gesehen. Vom Abstand her, wenn man von unserem Mond zu zählen anfängt. Dies wäre ein kleiner unscheinbarer Mond, mit der Bezeichnung: Erriapo – dann sollte ein Mond „weg", stand weiter auf der Tafel. Zieht man also einen Mond ab, kommt man auf Titan", erklärte ich Myra die Sachlage.

„Ja", fragte Myra zögerlich – „aber was ist denn da? Das ist doch nur ein Mond wie unserer auch, oder?"

Ich hob die Augenbrauen – „Oh, nein, Titan hat mich, ehrlich gesagt schon immer begeistert. Es gibt einige interessante Monde in unserem Sonnensystem. Io und Europa beim Jupiter, und dann eben, für meine Begriffe der interessanteste: Titan. Der größte Saturnmond ist wirklich der interessanteste. Unter seiner dichten Stickstoffatmosphäre verbergen sich Landschaften, wie wir sie von unserer Erde kennen. Allerdings beträgt die Temperatur auf der Oberfläche nur etwa 94 Kelvin (-179 °C), es gibt gefrorenes Wasser sowie flüssiges Methan und andere Kohlenwasserstoffe. Es haben sich hier Flüsse, Seen und Berge gebildet, jedoch in einer Umgebung, die Leben, wie wir es kennen, kaum zulassen würde."

„Ja, gut, aber was soll sich dort verbergen?"

„Tja, das ist hier die Frage. Also, wenn dort überhaupt was ist, dann höchstens ein paar Schrifttafeln, wie man sie aus Ägypten her kennt. Vielleicht könnte, so meine Idee, dort in einer Höhle – dort wo es vielleicht etwas wärmer ist, so was liegen. Ich weiß es nicht! Solche Fragen können nur Wissenschaftler beantworten. Ich nicht."

„Sei nicht so bescheiden, wer außer dir wusste denn schon, was für einer der neunundneunzigste Mond ist... wer wäre auf Titan gekommen? Sagen wir es Sam."

Wir verließen das Zimmer und teilten Sam das Ergebnis mit und dieser gab die Antwort der Polizei weiter. Diese trommelten Fachleute zusammen. Einen Astronomen und Ermittler, welche beispielsweise versuchten herauszufinden, warum der Attentäter dies alles wollte wie: den Song singen. Was genau wollten sie? Diese

Antwort klärte sich noch am selben Abend, als ein weiterer Brief ankam. Sam schien uns, quasi als Ersatz für seine Familie, stets auf dem Laufenden halten zu wollen. So auch heute Abend. Er erhoffte sich vielleicht auch wieder Hilfe. Jedenfalls teilte er uns während des Abendessens mit, dass der Terrorist nun reale Forderungen hatte. Er oder sie verlangte/n fünfhundert Millionen Dollar. Um zum Mond 99 zu kommen.

„Sonst", so Sams Ausführungen. „wird es beim nächsten Konzert noch viel mehr Tote geben. Bisher wäre alles nur Spaß gewesen."

Nach diesen Worten blickte Sam in ungläubige Gesichter. Wir hatten, mit Erlaubnis der Hotelführung, zwei Tische im Restaurant zusammengestellt, an denen wir dreimal am Tag zusammen aßen. Aßen, zusammen plauderten und, wie heute, wie immer öfter, Pläne schmiedeten oder uns berieten. Es stellte sich, gerade durch diese Gespräche heraus, dass wir eine große Familie geworden waren. Eine, die sich gegenseitig schützt, schätzt, unterstützt. Keiner machte Unterschiede zwischen Star, Manager, Tontechniker oder Roadie. Sam war mir auch dankbar. Wie sich herausstellte, so die weiteren Ausführungen von Sam, kamen auch die Fachleute der Polizei zu dem gleichen Schluss wie ich, was den Mond 99, also Titan, anging. Klar war, dass es sich nur um Titan handeln konnte, nur nicht WAS da zu finden sein sollte. Doch auch hier kamen sie auf die selben Ideen wie ich... Steintafeln oder Papyrus. Vielleicht auch Schriftrollen. Das naheliegende eben, so auch der Ort, wo die Schriftrollen gelagert sein sollten. Es musste, deshalb kam ich ja auf die Idee – etwas sein, das lange Zeit bestand hat, und, wo es möglichst warm und trocken war. Eine Höhle. Auch dieser Gedanke war naheliegend. Hierfür musste man nicht studiert haben. Jemand mit klarem Menschenverstand, ich, kam auch darauf. Schwieriger war die Frage, wie man dorthin, auf diesen Mond Titan, kommen sollte. Oder, wie und wo man dort was finden sollte – und, wenn man es findet, wie man dann das Ding übersetzt, beziehungsweise, je nachdem, was dort steht, wie man dann damit umgeht. Was man dann entscheidet. Doch das war Zukunftsmusik. Und ich war wohl der Letzte, der hier mitzureden hatte. Selbst Sam, und ihn ging es ja an, hatte keine Ahnung wie es weitergehen sollte. Er tat mir immer mehr leid. Alle Welt bewunderte ihn. Er war bis hierhin von Allen als der größte Sänger, im Kreis der Rock-Sänger, gefeiert worden. Die Fans und die Presse feierten ihn gleichermaßen, eben, weil er stets Mensch geblieben war. Jegliche Allüren waren ihm fremd. Und nun war er zum Spielball eines Irren geworden. Aber, es ließ ihn keiner fallen.

„Die Fans wissen", teilte uns nun unser Manager mit, „dass wir nichts dafür können. Sie vertrauen uns und der Polizei voll. Es gibt nur wenige, die für das kommende Konzert das Geld erstattet haben wollen. Es geht also weiter." Für diese Worte erhielt er von uns allen Beifall. „Wir wissen nur noch nicht wann. Ich stehe noch in Verhandlungen mit der Polizei. Auch sie, und dies ist nicht selbstverständlich, haben nichts dagegen, dass wir wie geplant weitermachen. Sie wissen auch, dass es um viel Geld geht. Man will uns keine Steine in den Weg legen. Sie wollen auch nicht, und das hat mich am meisten gewundert, dass die Fans zu enttäuscht sind. Man erwartet wohl, dass so was wie Aufruhr entstehen könnte. Man will, letztendlich, alles so normal wie möglich laufen lassen. Mit dem Unterschied, dass die Sicherheitsbestimmungen extrem verschärft werden. Und, vor allem - will man auf die Forderungen der Terroristen eingehen, um weitere Verletzte von vornherein zu verhindern."

Ich wusste nicht, ob ich das nun für gut oder schlecht halten sollte. Und ein Blick in die Runde sagte mir, dass es den anderen nicht besser ging. Ich schaute in ratlose Gesichter, in denen zu lesen stand, dass es ihnen ähnlich erging wie mir. Das war auch zu erwarten. Da war zum einen der Punkt, dass es weitergehen soll. Deshalb auch der Applaus, dennoch hatte es Verletzte und Tote gegeben. Angst, Panik und Unsicherheit war verbreitet worden. Bei uns, den Stars, den Veranstaltern, und bei den Fans. Und selbst die Polizei war einigermaßen ratlos. Nicht, dass sie nicht gewusst hätten, was zu tun ist, dennoch war die Situation auch für die Polizei relativ neu. So war Terrorbekämpfung eben nicht immer gleich, nur der Umgang damit. Es galt: Unschuldige schützen und Täter unbarmherzig verfolgen. Wenn man denn wüsste wer es war. Was in weiter Ferne schien. Die Polizei tappte weitestgehend im Dunkeln, hatte es ein Nachrichtensprecher treffend betitelt. Und das, wie in Amerika bei Terroranschlägen üblich, nun sogar eine höhere Polizeistelle eingeschaltet war.

So konnte man auch die Stimmung, die allgegenwärtig gleich war, werten. Unsicher und etwas ängstlich. Die große Frage, welche sich alle Menschen um uns stellten, war – was würde als nächstes geschehen. Was würde sich der Irre als nächstes ausdenken?

Drei Tage später

Das nächste Konzert. Wie geplant in Miami... nur eine Woche später als vorgesehen. Die Veranstalter hatten bekanntgegeben, dass alle folgenden Termine um sieben Tage verschoben wären, aber stattfinden würden. Sam war erlöst, das freute uns alle. Obwohl, nicht alles lief nach Plan, jedenfalls nicht für andere...

Die Konzerte fanden statt, doch die Band hatte nichts mehr mit den

Satanisten zu tun. Die „Satan-Terroristen", wie Sie von der Yellopresse nun genannt worden waren, hatten Ihre Pläne geändert. Überall auf der Welt kam es nun zu solchen Terroranschlägen. Es kam wohl zu Verhandlungen, während den letzten Tagen, die nicht so liefen, wie die Terroristen es wollten. Ihre Forderungen konnten wohl nicht so schnell erfüllt werden. Die Verhandlungsführer der Terroristen waren raffiniert. Man sah sich nicht Auge in Auge, sondern der Dialog wurde mit Mails getätigt. Von überall auf der Welt kamen diese Mails. Wenn die Polizei an eines dieser Orte fuhr, wie beispielsweise nach Hong Kong, so trafen Sie dort nur ein leeres Hotelzimmer an, wo ein Laptop oder billiges Handy lag. Keine Fingerabdrücke. Die Namen und Ausweise wahrscheinlich immer falsch. Die Damen und Herren, die die Zimmer mieteten, hatten sicher falsche Bärte und Perücken an. Zu keinem Zeitpunkt konnte, nirgends auf der Welt, die Polizei eine echte Spur verfolgen. Es mussten sehr viele Leute beteiligt sein. Eigentlich, so sollte man meinen, sollte dadurch eine Schwachstelle vorkommen. Bei so vielen Leuten verplappert sich mal einer – unbeabsichtigt. Aber, dem war nicht so. Weltweit kamen, nach zirka drei Wochen, um die Tausend Leute um. In Kirchen, Synagogen, Marktplätzen, Bürogebäuden – ja, in Los Angeles wurde gar eine Polizeistation in die Luft gesprengt. Die Behörden schlossen, gerade nach diesem Vorfall daraus, dass die Satanisten überall infiltriert waren. Selbst bei den Cops, also der Polizei. Nirgends war man sich sicher. Zu diesem Schluss kamen auch die Presseleute mit der Zeit. Es konnte sein, dass in einem Krankenhaus ein Arzt oder Pfleger zu den Irren gehörte und die Klinik sprengt – mitsamt den Patienten. Alles für die „gute" Sache. Man konnte sich vorstellen, dass sich jemand Dynamit um den Bauch bindet und Selbstmord begeht, nur, um die Forderungen erfüllt zu bekommen.

Wie man aus dem TV oder den Zeitungen verfolgen konnte, wurde man jedoch vernünftig. Diese „Vernunft" sah so aus, dass es den Verhandlungsführern klar wurde, dass sowieso Zeit vergehen würde. Das Raumschiff müsse ja gebaut werden und man müsse das Vorhaben in die richtigen Hände geben. Wenn man nicht will, dass das Vorhaben, ein Fragment vom Mond 99 zur Erde zu bringen scheitere. Man kam zu dem Schluss, dass es Raketenfachleute, Astronauten und Planer geben musste, die vom Boden her alles überwachen und steuern würden. Dies sahen die Satanisten wohl ein. Sie hatten jedoch eine letzte Forderung. Jemand, dem sie zutrauten dies zu tun, wollten sie bestimmen. Ansonsten würden weiterhin Menschen sterben. Sie würden erst Ruhe geben, wenn Sie das Fragment, nun hieß es, es sei ein Zepter, in Händen hielten. Geld wollten sie keines mehr. Mit der Zusage der Behörden dies so durchzuführen, und somit auf alle Forderungen einzugehen, gaben Sie sich zufrieden. Es würde Jahre dauern. Aber, diese Geduld müsse man beweisen. Dies war die Forderung der Verantwortlichen Staaten: keine Anschläge mehr. Man würde Ihnen das Zepter aushändigen. Alle Beteiligten wussten, dass erst dann, wenn es zur „Übergabe" kommen würde, dass erst dann eine Chance wäre, den Oberboss zu fassen. Dann musste ja einer kommen, um das Zepter in Empfang zu nehmen. Dann würde ihre Stunde geschlagen haben. So der Plan. Alle Bemühungen an die Verbrecher heran zu kommen waren ja im Sande verlaufen.

Doch was dann kam ließ mir den Mund austrocknen – kalter Schweiß lief mir über den Rücken

Wir waren bereits in der nächsten Stadt unserer Tour, als Sam zu mir kam. Ich hatte ihn noch nie mit einem so ernsten Gesicht gesehen. Mike, der Polizist war bei ihm. Auch er hatte alles Andere als ein Lächeln im Gesicht.

Myra stand bei mir. Umarmte mich, hielt mich um die Hüfte. Sam sagte zu mir: „Sie wollen dich!"

Nicht ahnend, was Sam meinte, fragte ich nach: „Wer will mich, und warum, und warum ich?"

„Ein Sprecher der Satanisten wollte dich. Du sollst zu diesem Mond!"

Nachdem sich erst einmal die Gedankensperre, die sich im ersten Moment eingestellt hatte, gelöst hatte; ich konnte zunächst nicht klar denken, hatte ich den Satz, den Sam mir mitteilte, erst nicht richtig verarbeiten können. Danach dämmerte mir halbwegs warum der Polizist dabei war. Es drängte sich natürlich der Gedanke auf, dass ich mit diesen Monstern was zu tun haben könnte.

Daher stotterte ich: „Ich... ich habe nicht die geringste Ahnung, was das soll – wiederhole bitte nochmal!" Ich wiederholte jedoch selbst den Satz für Sam. „Du sagtest, dass einer von denen MICH bestellt hat, um auf diesen Mond zu fliegen!? Was wollen die von mir, warum suchen die mich auf? Ich bin nicht einmal Astronaut. Ich verstehe das nicht."

Myra lehnte sich mit dem Kopf an mich. Man sah ihr ihre Betroffenheit an. Dann schüttelte sie den Kopf. Sie verstand wohl auch nicht was los war, sagte jedoch zunächst nichts.

Mike jedoch, der Polizist – für ihn war ein Stichwort gefallen. Es ist ihnen schon klar, dass sich für uns die Frage stellt, ja, warum die gerade Sie wollen."

Myra antwortete für mich: „Das ist doch Schwachsinn. Wir waren beinahe ununterbrochen – in jedem Fall täglich, über Stunden zusammen. Ich konnte sogar jeden Telefonanruf mitbekommen. Mir wäre aufgefallen, wenn da, mit ihm, irgendetwas nicht stimmte. Mir war nichts, auch nicht das Geringste aufgefallen. Weder an seinem Verhalten, noch mit denen die um uns herum sind!" - meinte sie sichtlich aufgebracht, ja, sogar leicht zitternd.

Ich schüttelte nur bejahend den Kopf, und teilte mit, dass ich den Ausführungen von Myra nichts hinzu zufügen hatte. Ich sagte dies in ruhigem Ton, war jedoch innerlich ebenso aufgewühlt wie Myra. Das Herz schlug mir bis zum Hals.

Dann jedoch hatte ich das Gefühl, dass, aufgrund dessen, dass Mike mich ja schon kannte, er mir – uns – glauben schenkte. Dies beruhigte mich wieder etwas. Wahrscheinlich hatte er von vornherein nicht wirklich gedacht, dass ich damit was zu tun hätte. Sonst wäre er wohl möglich beharrlicher der Sache nachgegangen. So jedoch teilte er uns mit, dass er uns glaubte. „Es bleibt aber die Frage zu klären, warum diese Leute auf Sie kamen. Können sie sich einen Reim darauf machen?"

Dieses Mal antwortete Sam für mich: „Ich könnte mir denken" - sprach er so vor sich hin, und kratzte sich mit der rechten Hand das Kinn - „dass einer von Denen – einer der die Szene beobachtet hat, mitbekommen hat, dass unser Junge hier das Rätsel löste, was denn „Mond 99" bedeutet. Von uns wusste es keiner." Dann wandte er sich Mike zu: „Und selbst ihr klugen Polizisten musstet einen Fachmann beauftragen, um herausfinden was es auf sich hat, mit diesem Mond. Er brauchte über eine Stunde, wenn ich es recht in Erinnerung habe. Dieser Junge hier hat dafür keine zehn Minuten gebraucht. Also ich, wenn ich dies so beobachtet hätte, hätte meinen Chefs ebenso mitgeteilt, dass da ein cleverer junger Mann ist, der schrauben kann, an den Sachen Interesse hat und schnell die richtigen Schlüsse zieht."

Mike tat es Sam gleich, kratzte sich nachdenklich am Kinn und blickte darüber hinaus in den Himmel. „Nun ja, etwas dünn, aber eine andere Erklärung sehe ich im Moment auch nicht" - meinte er dann zu uns gewandt. „Das hieße jedoch immer noch, dass einer der Satanisten in der Nähe gewesen sein muss."

„Ich will sie nicht unterbrechen" - meinte Sam, obwohl er genau dies tat - „aber machten sie nicht selbst die Feststellung, dass – selbst in einer Polizeistation Polizisten involviert sind?"

„Ja", sagte darauf Mike - „das wollte ich gerade sagen. Es muss also in jedem Fall Irgendeiner da sein, der sich beispielsweise als Polizist oder Teammitglied verkleidet. Die Frage lautet also: würden die hier Anwesenden für jeden im Team die Hände ins Feuer legen? Ist Einem von euch an Jemanden in eurer Umgebung etwas aufgefallen. Vielleicht ein Gegenstand oder eine Person, welche ihr nicht kennt oder sonst etwas, was da nicht hingehört? Einen Mann oder eine Frau sich anders verhalten hat. Das Einer eine Kamera mit sich trägt. Ein Mikro. Irgendetwas?"

Sam schüttelte nur verneinend den Kopf und hob dabei die Schultern an, was eine gewisse Unsicherheit zu den gestellten Fragen unterstrich. Myra und ich beantworten diese Frage beinahe zeitgleich mit einem deutlichen nein, was unsere Kollegen anging. Uns war niemand aufgefallen, den wir nicht kannten. Und die Frage nach einem Gegenstand konnten wir mit einem genauso deutlichen Nein beantworten.

„Es kann also nur so sein, dass eher ein „scheinbar" zufälliger Beobachter die Daten weitergab. Das Wort scheinbar betonte er extra. „Es ändert jedoch nichts" - führte Mike dann seine Gedanken weiter aus - „Haltet euch jetzt fest: Sie haben darauf bestanden dass Frank den Job macht und dahin fliegt. Sie drohten mit weiteren

Anschlägen, sollten wir dieser Forderung nicht Folge leisten."

Vor allem Myra blickte ungläubig zu Mike und beschwerte sich mit erhobener Stimme, die hierdurch schon etwas schrill klang: „Wie bitte? Wie kommen die denn darauf? Ich kann das immer noch nicht glauben! Wie soll er das denn machen – Astronaut werden?"

Mike zuckte kurz mit den Schultern. „Das wissen wir jetzt auch nicht. Es bleibt ja auch noch Zeit. Es muss ja erst eine Rakete gebaut werden. Wir werden Zeit herausschinden und überlegen wie wir aus der Nummer herauskommen."

Nun stellte ich zwei Fragen: „Wie nehmt ihr eigentlich Kontakt auf? Und zweitens – wieso muss erst ein Raumschiff gebaut werden?"

Mike schüttelte den Kopf: „Wir nehmen gar keinen Kontakt auf. Bisher haben die sich immer gemeldet. Sie verwenden eine sehr, sehr ausgeklügelte Software. Man kann Ihre IP-Adresse nicht zurückverfolgen. Von irgendeinem Punkt der Erde wird angezeigt wo sie sich aufhalten. Dies stimmt jedoch nicht. Wenn wir die Polizei, meinetwegen in Hong Kong, informieren, Sie sollen bitte an dem Standort, an dem wir die IP-Adresse orteten, nachsehen, dann ist dort nichts. Fest steht für uns nur, dass es eine Gruppe ist. Eine weltweit agierende Gruppe. Sie müssen an mehreren, weltweiten Standorten ganz viele Komplizen haben. Unsere Spezialisten stellen sich vor, dass – zumindest in jedem größeren Ort, überall auf der Welt, Anhänger der Satanisten beheimatet sind. Einer gibt die Nachricht weiter, wie zum Beispiel, dass hier euer cleverer junger Mann ist. Ein Anderer entscheidet wem die Nachricht weitergegeben wird. Sozusagen ein örtlicher Entscheider. Dieser wird gedeckt durch einen Computerspezialisten. Denn die Entscheidung des Örtlichen, eh, Mannes, wird an einen Oberboss weitergeleitet. Der entscheidet endgültig was passiert. Ein weiterer Anschlag beispielsweise. Dies wird dann dem örtlichen Chef verschlüsselt gesendet – und dieser führt dann – im jeweiligen Ort den Terroranschlag aus. Oder gibt den Befehl hierfür. Wir werden dann informiert und stehen... nun, ehrlich gesagt – dumm da. Können nichts tun. Sind tatsächlich ziemlich hilflos. Man versucht natürlich, mit allen zur Verfügung stehenden Kräften, irgendwelche Orte oder Menschen ausfindig zu machen. Computerspezialisten versuchen fieberhaft die PC´s von denen die Mails kamen, ausfindig zu machen. Bisher ohne Erfolg. Und zu deiner zweiten Frage: Nein, es gibt keine Rakete. Die, die sie haben reicht nur für den Mond und die Raumstadion. Sie wollen, so wie ich hörte, ein Ding entwickeln... für einen Mann. Das Schiff soll quasi autonom fliegen. Von der Erde aus gesteuert. Aber dies sind, glaube ich, nur erste Ideen."

„Nun", meinte ich - „dann versucht das bitte mal weiter. Sucht diese Idioten! Ich habe, ehrlich gesagt, keinen Bock darauf, auf einen Mond zu fliegen, mein Leben zu riskieren, lange Zeit ohne meine Freundin zu sein, nur, weil das ein paar Spinner so wollen."

Mit Tränen in den Augen, und einem gemurmelten - „genau", stimmte Myra meinen Worten zu, und umgriff meine Hand, die sie die ganze Zeit gehalten hat, noch fester.

Das tat gut.

Alle Umstehenden verstanden, und zeigten dies auch kopfnickend an. Alle, auch Sam blickten bedrückt in die Runde. Keiner wollte, dass es so kommen sollte. Die Hoffnung unter uns war regelrecht spürbar. Uns stand in den Augen geschrieben, dass das Ruder sich noch zu unseren Gunsten herumreisen ließ. Es würden ja noch Jahre vergehen. Ein Raumschiff musste gebaut werden. Berechnungen mussten angestellt werden. Treibstoff musste zur Verfügung stehen.

Gelder mussten gesammelt werden. Proviant und alles, was sonst noch dazugehörte, musste herbei geschafft werden... Sauerstoff, und, und, und. Zeit, die den Behörden blieb, um diese „bösen Jungs" und wohl auch „Mädchen" aufzutreiben und dingfest zu machen.

Ohne weitere Worte verabschiedeten wir uns, indem jeder in eine andere Richtung ging. Etwas Traurigkeit hing in der Luft. Keiner wusste was kommen sollte oder wie es weitergehen würde. Sicher, heute oder morgen würde nichts mehr kommen, aber in den kommenden Wochen und Monaten wohl schon. Die Attentäter erwiesen sich als quasi unkontrollierbar. Nicht planbar. Sie agierten aus dem Untergrund, wie Ratten. Was sie ja auch irgendwie waren. Unmenschliche Tiere, die nur haben wollten, was, nun ja, ihnen nicht einmal zustand! Was erlaubten diese Leute sich?

Sozusagen die Weltherrschaft zu verlangen! Unglaublich! Gott, wörtlich genommen, das Zepter der Herrschaft zu entreißen, um es dann dem zu übergeben, der mit Hinterlist und Tücke dies vor über zweitausend Jahren versuchte, und nun wieder versucht. Und vielleicht zwischendurch schon des öfteren versucht hat. Dem Teufel sollte die Macht übergeben werden. Er sollte der Herr der Welt werden. Ich selbst glaubte nie an dergleichen. Aber was nützte das? Es genügte, dass diejenigen, die für die Massenmorde verantwortlich waren, daran glaubten. Aus meiner Sicht waren das Extremisten. Selbst eher Teufel als Menschen.

Mir ging, als wir so unseres Weges liefen, durch den Kopf, dass diese Satanisten, die nun am Werke waren, es nicht nur sehr, sehr ernst zu nehmen schienen – nein, sie wussten wohl ganz genau, was sie vorhatten. Sie hatten einen zielgerichteten, genauen Plan und den zogen Sie unbarmherzig durch. Sie gingen hierfür wörtlich über Leichen. Die Nachrichten der letzten Tage verrieten, dass weltweit mittlerweile weit über zweitausend Menschen dran glauben mussten.

Somit spannte sich, seit dem ersten Vorfall, eine Haube der Traurigkeit über die Erde. Mir wurde übel bei diesem Gedanken. Und auch Myra standen noch immer die Tränen in den Augen. Den Weg in das Restaurant nahmen wir nicht mehr. Der Appetit war uns für heute vergangen. Und mehr als das. Als Myra mich kurz vor dem Treffen küsste – in der Art, wie sie es so oft tat, kribbelte es nicht nur in meinem Bauch. Sie war ja sehr sexy. Als ich sie kommen sah, in ihrem Minirock, darüber ein sehr dünnes, weißes, beinahe durchsichtiges T-Shirt, nahm ich mir bereits für den Abend vor, was mir für den Moment nun vergangen war. Und ich hoffte, dass es Myra ähnlich erging.

Nun ja, es würden wieder bessere Tage kommen. Aber zunächst befanden wir uns in einem unsagbaren Tief. Einer Zukunft, in der nicht wir den Plan für unser Leben schmiedeten, sondern fremde Wesen, die nichts gutes vorhatten. Ein großes Fragezeichen schien sich in den Himmel zu zeichnen. Unsere Pläne, dies wurde mir in dem Moment klar, müssten wir wohl auf Eis legen. Wir wollten uns demnächst – in der Zeit, die wir uns in unserer Heimat aufhalten würden, eine Wohnung suchen. Sie kam ja aus Rheinlandpfalz und ich aus dem benachbarten Saarland. Plan war, sich irgendwo in der Mitte zu treffen... nun, ein schöner Plan. Es war wohl nicht der erste Plan, der von Anderen durchkreuzt wurde. Aber – in dem Fall galt wohl der Spruch: aufgeschoben ist nicht aufgehoben.

Kapitel 6

Teil 4

Mond 99

Die Zeit flog dahin. Es schien mir, dass – je eher ich die Zeit irgendwie bremsen wollte; je eher machte mir der stressige Alltag einen Strich durch die Rechnung. Statt dass wir mal Ruhe hatten, spitzten sich die Begebenheiten in immer engeren Zeitabständen zu. Mike´s Chef hatte, mit seinen Vorgesetzten zusammen (und es waren glaube ich auch Politiker daran beteiligt) den Satanisten erklären wollen, dass ich nicht zu dem Mond fliegen könne. Ich wäre ja kein Astronaut, die Technik müsste so ausgelegt werden, dass das Raumschiff quasi einem Laien anvertraut und angepasst werden müsste. Dies würde nur unnötige Zeit kosten.

Als Antwort bekamen Sie erst den Hinweis, dass ich nun mal der Auserwählte sei. Dass da nichts daran zu rütteln sei. Als Sie weitere Einwände angaben kam postwendend ohne weitere Vorwarnung wieder ein Terroranschlag, was wieder hieß, dass Hunderte, wenn nicht gar Tausende unschuldige Menschen – irgendwo auf der Welt sterben mussten. Es gab, wie es Mike prophezeit hatte, keine Verhandlungsbasis. Jedes Nein von uns oder vielmehr den Behörden, bedeutete, dass es Tote zu beklagen gab.

Es waren bereits drei Jahre vergangen. Sie waren in der Tat schon seit langem dabei ein Raumschiff zu bauen. Wie sich herausstellte, gab es einen Plan schon vorher. Wieso? Nun, die Satanisten hatten an alles gedacht. Scheinbar von langer Hand geplant, hatten sie auch eine Menge Geld investiert um Experten anzuheuern, die diese Pläne erstellt hatten. Und, man konnte es sich nicht vorstellen! Sie hatten sogar Geld für den Bau des Raumschiffes zur Verfügung auf ein Konto eingezahlt. Wenn diese Millionen auch bei weitem nicht ausreichten, so war auch diese „Geste" ein Zeichen, dass es den Teufelsanbetern, wie Sie von den Medien auch genannt wurden, sehr ernst meinten. Dies nicht nur mit Toten bezeugten, sondern nun auch mit viel Geld. Und diese Überweisung wiederholten Sie sogar vor kurzem, wie ich von Mike gehört hatte. Alles wurde auf ein brasilianisches Konto einer Privatbank eingezahlt. Woher das Geld kam konnte nicht zurückverfolgt werden. (Es hätte mich sowohl gewundert, als auch gefreut, wenn mal eine handfeste Spur dabei gewesen wäre!)

Mike und ich, und ja, auch Myra, wir waren in der Zeit beinahe so etwas wie Freunde geworden. Die Band hatte die Tour, beinahe, was den Zeitraum anging, wie geplant beendet. Die Teammitglieder und die Band hatten sich aus den Augen verloren. Die Band selbst hatte sich ins Studio zurückgezogen und hielt sich seit längerem wieder in Deutschland auf. Der amerikanische Staat Florida hatte Myra und mir eine Wohnung bereitgestellt. Wir hatten eine „Sonder-Aufenthalts-Genehmigung" auf unbestimmte Zeit erhalten. Wir erhielten sogar Geld und konnten damit ganz gut leben. Wir hatten kein Luxusleben, aber es fehlte uns an nichts. Sogar ein Auto hatte man uns vor die Tür gestellt. Wir wohnten in Orlando. Der Hintergrund war, dass ich geschult wurde. Zuerst war angedacht, dass Myra mit den Anderen nach Deutschland zurück sollte. Myra wehrte sich danach lautstark. Nach einigem Hickhack beschloss man, dass Sie bei mir bleiben konnte. Sie sollte mich seelisch und moralisch stärken. Orlando war in der Nähe vom Raumfahrt-Center in Cape Cannes. Dort war der Schulungsort, wo man mir, wie sie es nannten – das Mindeste beibringen wollten. Und ja, Mike hielt uns auf dem Laufenden. Und gerade eben hatte er uns mitgeteilt, dass – zur Überraschung aller, eine weitere Zahlung von Denen morgen eingehen sollte.

Meine Frage an Mike war also: „Und bei keiner dieser Zahlungen

habt Ihr nichts ausfindig machen können? Es muss doch einen
Kontoinhaber geben!" Noch bevor er antworten konnte, schickte ich
die nächste Frage hinterher: „Und auch ansonsten, auch nach dieser
Zeit, hat keiner von Denen, seine Kumpels verraten. Ist niemand
negativ aufgefallen? Hat keiner einen Fehler gemacht, was eine Spur
ergab, der man hätte nachgehen können? Nichts? Ich hab immer
noch keine Lust hierauf, Mike. Und Myra auch nicht", stellte ich
klar. Und Myra stimmte kopfnickend, mit Tränen in den Augen zu.
Hoffnung zitterte mit meiner Stimme um die Wette.

Statt einer Antwort, schüttelte Mike nur verneinend den Kopf. Er
fügte dann aber doch noch hinzu: „Ich schwöre dir, mein Freund,
dass alle Experten der Welt versuchten den Schweinehunden
nachzusteigen. Mit aller nur erdenklicher Technik alles Erdenkliche
versucht. Nix. Nicht die Bohne. Man hat natürlich Sonderabteilungen
gegründet. Ermittler wurden geschult, die genau das erfahren sollten,
was du eben gesagt hast. Die sind auf Bahnhöfen, Flughäfen und
Einkaufszentren unterwegs. Nur, um herausfinden ob sich jemand
seltsam verhält, sich verplappert, oder vielleicht aus Wut, die
Kameraden verrät. Aber nein. Selbst nach der Zeit konnten wir nicht
das Geringste ausfindig machen. Klar gibt es Spuren... die Reste des
Sprengstoffes wurden untersucht. Es wurde festgestellt, dass in
unterschiedlichen Militärstationen Sprengstoff gestohlen wurde.
Auch hat man PC´s beschlagnahmt... Briefe untersucht... Wohnungen
durchsucht. Hotelzimmer... Verdächtige verhaftet... aber - weltweit
keine verwertbare Spur. Alle Verdächtigen sind wieder auf freiem
Fuß. Die sind raffinierter als die Polizei erlaubt. Alles muss, so leid
es uns allen tut, vorerst beim Plan bleiben. Tun, wie die es wollen.
Du musst – Ihr Beide – müsst leider am Ball bleiben."

Myra warf ein Zwischenwort ein: „Also, bei mir ist es so, dass ich
hin und hergerissen bin. Zum Einen hätte ich gerne, dass Ihr Die
fasst, und dass uns das alles erspart bleibt, und wir zurück zu unseren
Lieben können. Die vermissen wir natürlich. Aber, ich bin auch
etwas Stolz auf Ihn. Ich liebe Ihn immer mehr und denke, er wird

einen Weg finden, dies alles zu schaffen und es so hinzubekommen, dass sich alles zum Guten wendet!"

„Das hoffen wir alle, liebe Myra. Genau wie du es sagtest, dass wir oder Frank einen Weg finden, den Zug wieder auf die rechte Bahn zu bringen. Möglichst, ohne dass weitere Menschen verletzt oder gar getötet werden. Für uns ergeben sich aber erst die Fragen, wie ist die Lage hier, bei euch, der aktuelle Stand? Wie weit ist das Raumschiff? Wie weit bist du? Wie geht es dir und Myra? Wie sieht das Zeitfenster aus? Die werden sich sicherlich demnächst melden, und da wollen wir nichts mehr riskieren. Wir wollen die Richtigen, die guten Antworten geben, um nur ja kein Leben mehr zu riskieren. Deshalb bin ich eigentlich hier."

„Nun", fing ich an „ich selbst habe sehr viel hier gelernt. Man hält mich fit. Training ist Teil des Tagesprogramms. Mit der Steuerung des Schiffes habe ich zwar prinzipiell nichts zu tun, alles wird von der Erde aus ferngesteuert. Was ich also hauptsächlich lerne ist, die Verbindung zu halten. Ich muss unterwegs die Sat-Antennen immer mal wieder justieren. Es gibt gleich drei davon, sodass die Verbindung quasi nie abreißen kann. Also, ich muss sie dann, sozusagen per Hand, genaugenommen per PC, in gewissen Abständen ins Fadenkreuz bringen. Möglichst in die Mitte, sodass das Signal hundert Prozent Stärke hat. Das ist so wichtig, eben weil das Raumschiff von der Erde aus gesteuert wird. Wissen muss man hierzu, dass - je länger ich unterwegs bin, also je weiter ich weg bin, je länger braucht das Signal bis es dann bei mir ankommt. Eine Kurskorrektur muss also im Voraus berechnet und ins System eingegeben werden. Einen Großteil des Fluges liege ich in einer Art Wasserbetthängematte und schlafe. Man will damit erreichen, dass weniger Lebensmittel und weniger Sauerstoff mitgeführt werden muss. Natürlich gehen die immer auf Nummer sicher und haben für mehr als hundert Tage mehr Futter und Sauerstoff an Bord als für den planmäßigen Aufenthalt vorgesehen wäre. Falls was schiefgeht. Das wäre die Norm. So werde ich die meiste Zeit über über Sonden künstlich ernährt und liege schlafend in der Koje und meine

medizinischen Daten werden regelmäßig gesendet. Alle zwei
Wochen werde ich dann für je drei Tage geweckt. Dann muss ich
Sport treiben, dass meine Muskeln nicht zu sehr abbauen. Und dann
kontrolliere ich die Verbindung und kann dann auch mal „Nach
Hause telefonieren". Man bringt mich auf den neuesten Stand, indem
man mir zum Beispiel mitteilt, ob eine Sicherung gewechselt werden
muss, ob sonst ein technischer Mangel besteht, wie weit es noch ist,
und so weiter, und so fort. Dann esse ich, informiere mich, wie es
weitergeht. Zur Not, falls alle Stricke reißen, muss ich dennoch üben,
wie ich das Schiff steuere. Hierzu hab ich einen Steuerknüppel,
ähnlich derer, wie man sie von einer Spielekonsole her kennt. Da das
Signal von der Erde zu lange braucht, bis es am Schiff ankommt,
muss ich das Schiff auf Titan auch landen. Dies übte und übe ich bis
zum Exzess. Und ich darf glücklich verkünden, dass ich bisher in der
Simulation, noch kein Schiff zu Bruch gebracht habe. (Derweil
beobachtete ich die anderen, die sichtlich angespannt hin und wieder
mit dem Kopf nickten.) Ich kann in der Zeit lesen oder mir mit PC-
Spielen die Zeit zu vertreiben. Bis ich dann für weitere zwei bis drei
Wochen wieder in Schlaf versetzt werde. Dies Spiel wiederholt sich
solange, bis ich dann dort lande. Etwa eine Woche zuvor werde ich
geweckt. Dieses Erwachen und schlafen legen geschieht übrigens
ebenso automatisch wie alles Andere. Ich brauche mich nur ins Bett
zu legen und mich mit dem System zu verbinden. Je ein Sensor
kontrolliert und übermittelt Herzschlag und Atmung. Eine spezielle
Maske versorgt mich mit Luft, Flüssigkeit und flüssiger Nahrung.
Eine besondere Art Windel entsorgt alle, eh, unangenehmen Stoffe.
Alles wird in eine Art chemische Toilette geleitet und wird dort –
man höre und staune in Strom, klares Wasser und Sauerstoff
umgewandelt. Nun, irgendwann bin ich dort, hole das Zepter und
fliege zurück. Das Raumschiff selbst ist im Bau. Der Rohbau
sozusagen ist bereits fertig. Viele Elektronikteile mussten neu
entwickelt werden und müssen auch immer und immer wieder auf
alles Mögliche getestet werden. Auf Vibration, Funktion und
Haltbarkeit. Aber, wie man mir versichert, gab es bisher keine
Zwischenfälle. Alles läuft wie geplant und ohne Probleme. Wenn es

so weitergeht, so hat man mir erklärt, könnte es im Sommer nächsten
Jahres losgehen.“

„O.k. - wenn Die fragen, kann ich meinen Vorgesetzten dies so
weitergeben. Die können Denen dann mitteilen, dass alles planmäßig
läuft. Und wenn nichts dazwischen kommt, ist es circa nächsten Juli
soweit – stimmt das so?

„Ja, mit wenigen Worten, stimmt das so“, sagte ich.

„Dann kann es ja losgehen“, bemerkte Sam.

„Ja, noch alles zusammenschrauben, einpacken, testen und üben. Ja,
dann steht alles auf grün. Noch ein gutes halbes Jahr.“
Myra war anzusehen, dass sie, sozusagen, ein weinendes und ein
lachendes Auge hatte. Sie war teils sichtlich Stolz auf ihren „Retter
der Welt; ja, der Menschheit“. Auf der anderen Seite stand im linken
Auge eine Träne der Traurigkeit an ihrer Wange. Ihr war klar, dass,
sollte alles nach Plan laufen, ihnen noch ein gutes halbes Jahr blieb.
Und, sollte kein Wunder geschehen, würde sie ihren geliebten
Freund für etwa vier bis fünf Jahre aus den Augen verlieren. Eine
lange Zeit, für ein zutiefst verliebtes Paar, das eigentlich nur den
täglichen Sex im Sinn hatte. Und auch sonst alles, was das Leben an
schönem brachte, genossen wir zu der Zeit in vollen Zügen. Gutes
Essen zum Beispiel. Die Zeit mit der Band war für uns Beide eine
schöne und unbezahlbare Erfahrung. Dies war uns oft in Erinnerung,
und abends lachten wir oft über die Geschehnisse – wie den
Furzfrosch. Und andere Dinge, die uns verbanden, und die uns
wichtig waren, wie Lachen mit Freunden und auch mal am
Wochenende Einen über den Durst trinken. Auf alles Dieses müssten
wir verzichten. Zu lange. Vielleicht viel zu lange. Myra wurde in
dem Moment bewusst, dass sie eine junge Frau war, die viele
Bedürfnisse hatte. Sie war sich nicht sicher, obwohl sie doch sehr
verliebt und stolz war, ob sie so lange warten könnte. Doch, was
blieb ihr anderes übrig, als erst einmal alles auf sich zukommen zu

lassen und das Beste zu hoffen. Sie dachte, dass es allen Beteiligten so, oder so ähnlich ergehen musste. Und vor allem: Frank hatte es ja sicherlich mit Abstand am schwersten. Ganz alleine in der Stille und kalten Dunkelheit des Weltalls. Alle Augen der ganzen Welt würden ihn mit Argusaugen betrachten. Ja, es war geplant, dass, immer wenn er wach war, dass dann eine Kamera zugeschaltet werden würde, jedenfalls stundenweise, um den neuesten Stand der Tätigkeiten zu sehen. Eine richtige TV-Sendung war geplant – so, in der Richtung: Big Brother is watching you. Der Sinn der Sendung war, dass wenigstens ein wenig des ausgegebenen Geldes wieder in die Kassen kam. Ja, so sind Die, ging es ihr durch den Kopf. Das liebe Geld. Es regierte auch im Jahr 2032 noch die Welt. So schnell würde sich daran nichts ändern. Das war Realität. Und die Realität würde schon sehr bald eine Andere sein. Es würde so sein, dass sie, Myra, hier auf der Erde auf ihren Helden warten würde, weiterhin mit einer Träne im Auge. Aber auch mit Stolz im Herzen.

Kapitel 7
Der Start/es geht los

Der Tag X war gekommen. Es war Sommer. Juni, der siebte, im Jahr 2032. Also ironischerweise etwa 2000 Jahre und sechs Monate später, nachdem Jesus seine unheimlichste Begegnung hatte. Aber dies wusste natürlich keiner der hier Anwesenden, welche sich um mich versammelt hatten, um mich zu verabschieden. Myra lag die meiste Zeit über weinend und schluchzend an meiner Schulter. Meine und Myras Eltern wurden extra aus Deutschland eingeflogen. Auch Sam war mit der Band gekommen. Hochrangige Politiker aus halb Amerika und Deutschland waren anwesend. Und ja, sogar Mike, der Polizist war gekommen. Ich erblickte ihn unter der Menge der Presseleute, die natürlich auch nicht fehlen durften. Alles von Rang und Namen, sowie von TV und Radiosendern, wie auch Kollegen der schreibenden Zunft waren vor Ort.

Ich war so vorbereitet, wie man es nur sein konnte. Alle nur erdenklichen möglichen und unmöglichen Szenarien hatte ich mit dem Team wieder und immer wieder geübt und einstudiert. Ich wusste Bescheid über die meisten technischen Begebenheiten, wie die Lenkung, die Sicherungen, die Kommunikationsverbindung, den PC, die medizinische Versorgung. Ich kannte die Notfallszenarien für Sauerstoff und für die Kapsel, die zum Entkommen angebracht war, um zur Erde zurückzukommen, wenn alle Stricke reißen sollten. Die Kapsel war programmiert. Sie würde mich, im Tiefschlaf, zurück zur Erde bringen. In der Rettungskapsel waren nur Vitamintabletten und Wasser vorhanden. Sie sollte nur das Überleben sichern. Und daher hatte man mir eingetrichtert diese Kapsel nur im allerletzten Notfall zu benutzen. Wenn nichts anderes übrig bliebe. Denn der Faktor Zeit war hier maßgebend. Würde ich zu lange brauchen, um zurückzukehren, wäre das Überleben nicht garantiert.

 Allen, die zu meinen engsten Bekannten und Freunden gehörten und nun da im Kreis standen, und sich nun stumm in die Augen schauten, war eine Bedrückung anzusehen. Der Spagat zwischen Stolz und Ehrfurcht, aber auch Angst war den Beteiligten anzusehen. Wie bei einer Teslaspule, aus der gleich die Blitze hervorschießen würden, war die Spannung zu spüren – und ja, auch zu riechen. Ob dieser Geruch nach Elektrizität nur eingebildet war, oder von der Elektronik des Raumschiffes, das nur wenige hundert Meter weit weg stand, kam, wusste keiner. Es war auch egal. Technisch gaben die „Start-Controller" die Freigabe. Ich war bereit, hatte aber schlecht geschlafen. Wahrscheinlich war mir natürlich eine gewisse Nervosität anzumerken. Aber Myra kannte mich. Nach ein paar Stunden, oder vielleicht auch Tagen – jedenfalls, wenn sich unterwegs alles eingelebt hätte, würde „ihr Frank" seine innere Ruhe wiederfinden. Kurioserweise musste sie in Gedanken den Satanisten recht geben. Frank war, aus Myras Sicht, eine gute Wahl für die Mission. In der Zeit, in der sie sich nun kannten, hatte sie in einigen Situationen die Feststellung machen können, dass ihr Liebling, man könnte sagen, ein großes Talent besaß, die Dinge richtig einzuschätzen. Er reagierte schnell und vorbildlich. Myra erinnerte sich beispielsweise an eine Situation, als sie noch mit der Band unterwegs waren. Frank sah einen Beleuchter, der mit einem Spot in der Linken das Gerüst hoch wollte, um den defekten Leuchter zu ersetzen. Frank ermahnte ihn, seinen Sicherheitsgurt anzuziehen. Natürlich war er abgerutscht und kam – dank Frank, so mit ein paar Schrammen und blauen Flecken davon. Ähnliches bei einer roten Ampel. Ein kleiner Junge wollte zu seiner Mama, die bereits auf der anderen Straßenseite auf ihren Bub, der bis dahin gebummelt hatte, wartete. Als der Knabe losrennen wollte, schnappte ihn Frank (Sie erinnerte sich lächelnd) am Pullover, und riss ihn in die Luft. Der Kleine zappelte wie ein Fisch am Hacken. Gott sei dank, denn der vorbeirauschende Bus hätte von dem voreiligen Jungen nicht viel übrig gelassen. Oder, und nun musste Myra nochmals leicht lächeln – als er eine Oma auf dem Gehweg weg schubste; ihr jedoch so das

Leben rettete, da ihr sonst ein herunterfallender Blumentopf den Kopf zertrümmert hätte. Frank selbst blieb in all den Situationen vollkommen ruhig. Unaufgeregt war die richtige Bezeichnung. Cool war und ist er, dachte sie. Er hatte auch alles im Blick. Putzte auch mal einen verschütteten Kaffee weg, bevor jemand darauf ausrutschte, oder er wies die jeweils Verantwortlichen darauf hin, dass man sich hier und da einen blauen Fleck holen könnte, oder sich irgendwo den Kopf stoßen könnte. Insbesondere reagierte er so, wenn er die Dinge nicht selbst beseitigen konnte oder durfte. Beispielsweise weil der Gegenstand in den Boden verschraubt war, wo man also hätte stolpern können. Oder eine Ausgangstür nicht mit „Exit" beziffert war. Nein, Frank war kein Sicherheitsfanatiker, aber er sah diese Dinge und reagierte zügig. Und immer richtig und gut. Auch Anderen gegenüber benahm er sich stets wie ein Gentleman. Ja, er war beliebt bei beinahe jedem der ihn kannte und kennt. Das war es wohl, in kurzen Worten, was ihn auszeichnete, was dazu führte, dass das Los auf ihn fiel. Sie konnte, nun, da sie darüber nachdachte, die Argumente gut verstehen, dass man ihn ausgesucht hatte. Der Umstand, das er kein Astronaut war, war für Die nicht erheblich. Denen war klar, dass dies für Frank nur so etwas wie eine Fingerübung war. Seine Entscheidungsfreiheit, die Dinge so zu regeln, wie nur er – Frank, das tat; dies war den Entscheidern scheinbar wichtiger. Myra kam, aufgrund ihrer Überlegungen zu der Erkenntnis. Es zeigte aber auch, dass die Annahme richtig war, die mal geäußert wurde: es musste Einen oder mehrere Beobachter geben! Die Suche nach Ihnen oder dem Einen, der das Beobachtete weitergab (oder vielleicht sogar der Entscheider selbst?) blieb bis zur Stunde ergebnislos. Ja, und nun würde er in zwei Stunden aus ihrem Leben verschwinden. Nicht komplett, nein, sie würden – jedenfalls Zeitweise, in Kontakt bleiben. Aber ihn küssen, dies würde sie ihn nicht können. Seine Betthälfte würde für lange Zeit leer bleiben. Aber – er hatte eine große Aufgabe zu erfüllen. Und dies zählte. Jedenfalls für den Moment. Myra hoffte, dass dieses Gefühl, das ihn so in die Höhe hob, lange genug anhielt. Die Liebe groß und stark war, dass sie es schaffen konnte, auf ihn bis zur letzten Minute zu

warten. In diesem Moment stand dies für sie außer Frage. Aber was würde die Zukunft bringen? Sie beschoss diesen Gedanken nicht weiterzuführen. Sie kam sich wie das berühmte „böse Mädchen" vor. Nein, sie würde auf ihren „Helden" warten. Dies nahm Myra sich in dieser Sekunde vor.
Sie würde das brave Mädchen sein, für das sie bis heute von ihren Eltern immer gehalten wurde... Haha... Sie war immer ein böses Mädchen gewesen. Wenn ihr ein Mann gefiel, ging sie auf ihn zu. So, wie sie es bei Frank auch getan hatte. Viele Männer, so Myras Erfahrung, trauten sich nicht an eine Frau, nun, wenn sie sexy oder besonders hübsch war. Beides traf ja auf Myra zu. Das sagte ihr ihr Spiegelbild. Sie bekam es aber auch oft genug gesagt. Dies hatte zur Folge, dass sie in einer Disco oder Bar einfach nicht angesprochen wurde. Wenn doch, auf die billigste Art, von Typen, die einfach unter jedermanns Niveau waren. Nein, sie hatte sich angewöhnt, die Dinge selbst in die Hand zu nehmen. Ja, sie hatte ein lockeres Leben. Dies alles hatte sie mir vor Kurzem erzählt. Lebenslustig war sie immerzu. So, dass keiner ein Problem damit hatte. Ja, Myra war ebenso bei allen sehr beliebt, wie ich selbst. Ihre lustige Art hatte was ansteckendes. Auch ihre ehrliche Art wussten stets alle zu schätzen. Nur in den letzten Tagen war etwas Traurigkeit in ihr Gemüt eingezogen und hat sich dort breit gemacht. Aber dies würde nicht so bleiben. Dies fühlten wir beide. Genauso wie bei ihrem Frank, der sich schnell in seinem neuen Heim, dem Raumschiff, wohl fühlen würde, so würde auch sie schnell wieder vom Alltag eingeholt werden. Dies wurde ihr nun klar. So würde auch sie wieder zur Normalität zurückkommen. Was immer dies auch hieß. Aber, es würde ohne Frank geschehen. Dies alles ging ihr durch den Kopf.

  Eine Träne lief Myra über die Wangen. Als ich das sah, nahm ich sie in den Arm und küsste sie auf die Wange. Der Kuss schmeckte bereits salzig. Jemand vom Team tippte mir auf die Schulter. Ich musste los. Ich sog zum letzten mal Myras Duft in mich hinein. Ich würde von ihr träumen, dessen war ich mir sicher. Ich nahm ihre beiden Hände, blickte ihr tief in die Augen und versicherte ihr, dass ich sie liebe. Dann verließ ich sie und alle, die hier auf der Erde auf mich warten mussten, mit einem Winken.

Mit einem kleinen Fahrstuhl musste ich alleine in das Schiff einsteigen. Ich musste mich von nun an an den Gedanken gewöhnen alleine zu sein. Alles, in jeder Situation, musste ich ab diesem Moment alleine tun. Niemand würde mir zur Hilfe kommen. Nie! Das Innere des Schiffes sah clean und weiß wie ein Krankenhaus aus. Und doch hatten die Macher es geschafft eine gewisse Behaglichkeit in die „Stube" zu bringen. Da war eine Wand, die mit vielen Fotos gepflastert war. Daneben befand sich ein kleiner Buchefarbener Schreibtisch. Dahinter war ein Monitor in die Wand eingebaut. Das Zimmer war oval. Wenn man vom Schreibtisch einen Schritt weiterging, befand man sich in der Küche. Das heißt, die Küche bestand aus einem Tisch, davor ein weißer Drehstuhl, auf dem ein weißes Kunstledersitzkissen auflag. Daneben ein Schrank der ganz viele Schubladen besaß. Im Schrank intrigiert ein Mikrowellenofen. In den Schubladen war das Essen in Tüten verpackt. Es wurde dann in der Mikrowelle erhitzt. Zu trinken gab es nur Wasser. Natürlich nicht in Flaschen verpackt. Ich musste aus einem Trinkhalm trinken, der etwa einen halben Meter aus der Wand heraus ragte. Dann war da eine schmale Tür hinter der das Bad, samt Toilette war. Wäsche brauchte ich nicht zu wechseln. Diese war aus bestimmten Papier. Sehr leicht und sehr angenehm zu tragen. Natürlich weiß. Mit Farben hatten sie es wohl nicht so. Dann war da noch das Bett, was eher eine mit Wasser gefüllte Hängematte war. Grund hierfür, wie man mir erklärte, war, dass ich mich nicht wundlag und nicht während des Schlafens auskühlte. Die Flüssigkeit wurde auf Körpertemperatur erwärmt. Dann war da noch ein Schrank in dem die Papieranzüge aufbewahrt waren. Ich sollte die Anzüge in einem bestimmten Rhythmus wechseln. Schuhe gab es keine. Nur Pantoffel. Schuhe gab es nur für den Ausstieg. Und einen Anzug gab es extra hierfür. Der befand sich ebenso in dem Schrank, wie die medizinischen Geräte, die ich während des Tiefschlafes anbringen musste. Aus diesem Grund befand sich ein kleiner Monitor am

Kopfende des Bettes. Wenn ich „angedockt" war, konnte man auf der Erde meine Daten verfolgen. Herzrhythmus und Atmung, und, sogar die Blutwerte. Und dies alles ohne einen Tropfen Blut zu vergeuden. Diese Messung geschah durch eine Klemme am Ohr. Dieser Sensor überwachte auch den Herzschlag. Damit die Klemme nicht vom Ohr sprang, war sie in die Atemmaske integriert. Diese Maske maß den CO_2 – Ausstoß meines Atems und regulierte zeitgleich die Sauerstoffzufuhr. In jedem Augenblick in dem ich die Dinge betrachtete, das Bett, den Schreibtisch, samt PC, den Mikrowellenherd, in dem ich mein Essen zubereiten würde, die Kommunikationseinheit und letztlich – die Steuerung, die eher an eine Spielekonsole erinnerte... ja, da kam mir auch je die Erinnerung, die man mir zu jedem Teil eingetrichtert hatte, in den Sinn. Ich drehte mich daher, wie unter Zwang, im Kreis, und betrachtete mir jedes Detail erneut. Ich musste mich wohlfühlen, mich eingewöhnen. Dieser Raum würde, in der Zeit, in der ich wach war, meine Heimat sein. Für eine lange Zeit. Ein wichtiges Instrument, wenn man es so nennen will, fehlte noch. Es war ein Stuhl, der aus Platzgründen in einer Schrankwand platz fand. Dieser Stuhl, der an einen Zahnarztsessel erinnerte, kam nun herausgefahren. Eine Klappe öffnete sich, und ich erschrak, da ich zu diesem Zeitpunkt nicht damit rechnete. Ein Blick auf meine Armbanduhr zeigte mir, dass es soweit war. Noch wenige Minuten bis zum Start! Die Armbanduhr war nicht nur eine Uhr! Nein, sie zeigte außer der Erdzeit und Datum auch die Zeit an, die ich Unterwegs war. Dieser Countdown würde mit dem Start beginnen, und von da ab die „Sternzeit" anzeigen. Also die Tage, Wochen und Monate in Zahlen.

Ich setzte mich auf den Stuhl als er eingerastet war und schnallte mich mit dem roten Vierpunktgurt an. Ich bemerkte, dass der Gurt der einzige Farbtupfer in einer sonst beinahe komplett in Weiß gehaltenen Welt war. Über Lautsprecher kamen letzte Kommandos oder Ansagen. Eigentlich eher Ratschläge, wie: Wenn ich jetzt noch zur Toilette müsse, solle ich es jetzt tun. Oder ich soll das Anschnallen überprüfen. Und, was mir gut gefiel, waren die Sprüche wie: Nur Mut... du machst das schon... Adios Amigo... Good Luck... Toi, Toi, Toi... alles Gute und viel Glück. Stimmen aus der Crew, auch welche, die ich nicht kannte. Stimmen irgendwo aus dem Raum. Von Irgendeinem. Und dann, und dies trieb mir Tränen in die Augen – die zarte Stimme von Myra.

„Auf Wiedersehen, mein Liebling" - man merkte ihrer Stimme an, dass sie ebenso starke Emotionen verspürte, wie ich. „Komm gesund wieder zu mir! Ich werde hier auf dich warten!"

Mehr als ein „Tschüss mein Schatz", bekam ich nicht heraus, da ich einen dicken Kloß im Hals hatte.

Dann bemerkte ich ein Vibrieren im Sessel. Sie hatten die Motoren des etwa fünfunddreißig Meter langen, und circa fünf Meter hohen Schiffes gestartet. Das Schiff sah eher aus wie ein übergroßer Kampfjet. Mit kurzen Flügeln. Die Flügel waren notwendig, da an ihren Enden die Triebwerke befestigt waren. Da die Triebwerke mit Nuklearenergie angetrieben wurden, dienten die Flügel eher als Abstandshalter, und waren somit keine Tragflügel im herkömmlichen Sinn. So, wie bei einem Flugzeug. Nein, mein Raumschiff startete sowieso senkrecht. Brauchte keine Start- oder Landebahn.

Es ging los. Das merkte ich, da das Vibrieren stärker wurde. Der Start-Lärm verstärkte sich. Dann nahm das Vibrieren komischerweise wieder ab. Das Schiff löste sich vom Boden. Wie in einem schnell fahrenden Fahrstuhl gewann ich stets an Höhe. Man hatte mir geraten nichts zu Frühstücken, da beim Übergang in das Weltall, durch die plötzliche Schwerelosigkeit, sehr viele Astronauten kotzen mussten. Ich war froh für diesen Rat, verspürte nun aber Hunger. Es war genau zwölf Uhr Mittag. Mitteleuropäischer Zeit. Also Greenwichzeit. Die spätere Sternzeit würde sich je durch meinen derzeitigen Aufenthaltspunkt errechnen. Meine Armbanduhr würde also nicht in Kilometer, sondern in Zeitpunkten meine Distanz anzeigen. Das war mir nur recht. Denn, wenn ich am Ziel war, brauchte ich den dann angegebenen Wert nur zu betrachten, und würde so wissen, wie viele Tage es bis nach Hause dauern würde.

Der blaue Himmel, den ich durch das kleine Fenster vor mir sah, wurde schnell immer dunkler und wurde schließlich schwarz. Ich war im All. Es wurde mir nicht schlecht, und daher bedauerte ich, dass ich nichts gegessen hatte. Sobald man es mir erlauben würde, würde ich etwas essen. Dies nahm ich mir in dem Moment vor.

„Hallo, mein Freund", kam es aus dem Lautsprecher. Es war die Stimme des Chefs von der Bodenstadion – Jeff Lindner. „Du hast es fürs Erste geschafft! Du bist im All. Wie geht es dir? Sind alle Leuchten auf grün?"

Den letzten Satz meinte er sinnbildlich. Es gab keine grünen Lampen – dennoch antwortete ich mit: „Ja, Jeff, alles im grünen Bereich. Mir geht es gut. Muss aber gleich mal den Kühlschrank plündern. Ich hab Hunger!"

Ein Lachen, von der gesamten Crew war zu vernehmen. Ich musste zugeben, dass alle, mit denen ich zu tun hatte, mir ans Herz gewachsen waren. Lars war Einer davon. Mit ihm trafen wir uns ab und zu. Ich hatte ja einige Jahre mit vielen sogar ganze Nächte verbracht. Mit Üben, Lernen und Vorbereiten. Und nun konnte ich kaum fassen, dass ich sie alle, und vor allem Myra, so lange Zeit nicht werde sehen können. Nicht reden, nicht in den Arm nehmen, und nicht – na, Sie wissen schon.

Nur am veränderten Klang des Motorengeräusches wurde mir klar, dass das Raumschiff immer noch am Beschleunigen war. Irgendwann, so hatten sie mir erklärt, würde das Geräusch des Triebwerkes kaum noch zu hören sein. Nicht, dass es leiser werden würde, nein, aber ich würde mich an dieses Summen dermaßen gewöhnen, dass ich es kaum wahrnehmen würde. Und das war gut. Ich brauchte Ruhe. Einmal, weil ich dann besser schlafen könnte, zum Zweiten, weil ich mich dann besser konzentrieren könnte. Wenn was los ist, zum Beispiel. Wenn ich korrigieren musste, wie bei Start und Landung. Zur Zeit hatte das Fluggeräusch tatsächlich etwas beruhigendes.

Ich aß. Zwei Hähnchenbeine mit Salzkartoffel. Pommes wären mir lieber gewesen. Die würden nur pampig werden. Darauf musste ich verzichten, wie auf manches Andere. Salat war ebenso schlecht möglich, hieß es. Nur Gemüse. Das ginge gut. Gerade darauf hätte ich verzichten können. Nun, es gab immer etwas, auf das man sich freuen kann, und meine „Freude", nach meiner Heimkehr, wäre ein Steak mit Pommes und Salat. Dies nahm ich mir jetzt schon vor. Dabei hatte meine Reise gerade erst begonnen.

Irgendwann kam dann das Kommando, dass ich mich „schlafen" legen soll. Ich solle, wie besprochen alles stöpseln. In etwa einem Monat würden sie mich dann wecken. Ich tat, wie mir befohlen. Dazu gehörte, eine spezielle Windel anzuziehen. Als ich mit allem fertig war und mich hingelegt hatte, schlief ich durch das Mittel, das sie mit vom Boden aus injiziert hatten, recht schnell ein.

Was besonders schön war: ich träumte! Ich sah Myra vor mir. An dem Tag, als ich mit ihr in die Kantine ging. Wo wir mit der Band unterwegs waren. Der Tag vor dem ersten Anschlag. Sie war ja sehr sexy. Wenn ich wach gewesen wäre, wäre der Anblick nicht ohne Regung geblieben. Sie hatte ja an dem Tag ein sehr kurzes T-Shirt an, das ihren flachen Bauch freiließ. Darunter zeichneten sich ihre festen und wohlgeformten Brüste ab, da sie keinen BH anhatte. Ihr verführerischer Blick, mit ihren strahlend blauen Augen, tat ihr übriges. Hinzu kamen die „Hotpants" die ihre makellosen, langen Beine zur Geltung brachten. Ihre blonden, langen Haare wehten im Wind, wenn sie sich bewegte. Ihr knallroter Kussmund, alles war sehr verführerisch.
Dann sah ich wieder Sam, als er vor mir daherlief und furzte! Am Tage des ersten Konzertes.

Was irgendwie nichts in meinem Traum zu suchen hatte, mit was ich auch nichts anfangen konnte, war Jesus in der Wüste. Er hockte auf einem Stein. Und er schien in der Ferne etwas Beunruhigendes gesehen zu haben.

Dann sah ich die Toten des Anschlages. Man konnte, bis auf den angenehmen Anfang, den weiteren Verlauf des Traumes durchaus als Albtraum bezeichnen. Unter normalen Umständen wäre ich vielleicht wach geworden. So ging der Traum weiter.

Ich sah eine Gestalt, so, wie man sich den Satan vorstellt. Er hielt triumphierend ein Zepter in den Himmel.

Dann war der Traum zu Ende

Kapitel 8
Teil 5
Genesis – die eisernen Urväter

Ich wurde das erste mal geweckt. Dies geschah, ähnlich wie beim Einschlafen, durch die Atemmaske. Ein Gas, das wohl mit einer milderen Form von Riechsalz verwand war, wurde, computergesteuert, in der genau richtigen Menge abgegeben, eben, bis ich wach war. Genau wie beim Einschlafen, geschah dies, vollkommen ohne Nebenwirkungen. Ich war gespannt darauf, ob ich Kopfschmerzen bekommen würde. Aber nein, alles war exakt auf meinen Körper abgestimmt. Genau einen Monat nachdem ich losgeflogen war, wurde ich planmäßig geweckt. (Nach dem feudalen ersten feinen Mahl). Danach spielte sich mit der Zeit ein gewisser Rhythmus ein. Nachdem sie mich geweckt hatten, ging ich, ganz wie zu Hause, erst der Morgentoilette nach. Dann ein gutes Essen. Dies sage ich vollkommen ohne Hohn. Das Essen war in der Tat schmackhaft. Für Viele mit zu wenig Salz oder Gewürzen. Aber doch, der Geschmack war in Ordnung. Dann musste ich trainieren. Man hatte mir eingetrichtert, dass ich dieses Training nicht vernachlässigen solle. Dies wäre wichtig um einem Muskelschwund entgegenzuwirken. Vor allem, da ich ja viel im Bett lag. Das eigentlich Schlimme daran war ja die Schwerelosigkeit. Die Konstrukteure des Schiffes hatten zwar dafür gesorgt, dass auf dem Schiff ein Schwerefeld vorhanden war, was der Schwerelosigkeit entgegenwirkte. Doch eine Anziehungskraft wie auf der Erde gab es nicht. Ich wog nicht einmal die Hälfte wie auf dem heimischen Boden. Ich schwebte zwar nicht, wie man es in der Vergangenheit beispielsweise auf Raumstationen gewohnt war. Jedoch war es so, dass ich sozusagen große Schritte machen konnte. Mit nur einem Abstoßen vom Ende einer Wand, konnte ich durch mein ganzes

„Zimmer" hüpfen. Was ja immerhin etwa sieben Meter bedeuteten. Und dies ohne große Anstrengung. Es machte Spaß. Natürlich bestand die Gefahr sich zu stoßen und einen blauen Fleck davonzutragen. Aber, was soll's. Es gab schlimmeres. Keiner, weder die „Kollegen" auf der guten alten Erde (ich vermisste sie bereits), noch ich, konnten sich beschweren. Alles lief bisher ohne Vorkommnisse. Alles lief nach Plan. Nun ja, im gewissen Sinn war ich auch noch nicht sehr weit gekommen. Ich war noch nicht einmal am Mars. Aber – dieser fantastische rote Planet war bereits in Sichtweite. Durch das etwa 50 mal 50 cm große Fenster konnte ich bereits einen kleinen rötlichen Punkt ausmachen, was der Mars wäre. So hatten sie es mir mitgeteilt. Aber ja, so schlau war ich auch. Ich hatte es mir gedacht, das mit dem Mars, zumal die Reiseroute ja bekannt war. Nach dem Vorbeiflug am Mars würde ich durch „gefährliches Gebiet" fliegen. Am Mars würde ich Schwung holen. Die Freunde von der Bodenstadion hatten mir erklärt, dass ich am Mars ein sogenanntes Swing-by-Manöver durchführen würde. Natürlich vollkommen autonom. Ich wäre zwar zu dem Zeitpunkt wach, um zur Not eingreifen zu können, bräuchte im Normalfall jedoch nicht einzugreifen. Aber es freute mich natürlich, dass ich dann „anwesend" war – konnte ich doch auf diese Weise den berühmten Mars aus nächster Nähe sehen. Wer war dazu schon in der Lage? Ich würde der erste Mensch sein, der den Mars aus nur dreihundert Kilometer Entfernung mit eigenen Augen würde sehen können. Dieses Unternehmen wäre nicht ganz ungefährlich, da das Raumschiff dem Planeten sehr nahe käme. Sogar fast bis in die Atmosphäre hinein. Dadurch würde mein kleines Schiff, wie bei einem Kettenkarussell, weggeschleudert werden. Um einige tausend Kilometer je Stunde würde ich durch die Masse des Mars beschleunigt werden. Danach kam der zweite Gefahrenpunkt. Der sogenannte Asteroidengürtel. Dies ist eine Gegend, in der viele Bruchstücke durch das All schwirren. Kleine und große Eis- und Gesteinsbrocken. Man hat den Kurs so eingestellt, dass das Schiff an den meisten Trümmern vorbei schippert. Man nannte die Passage die Kirkwoodlücken. Eine Strecke, die weitestgehend frei von alten

Klumpen war. Das wäre dann etwa erst ein Drittel des Weges. Der Jupiter, bei dem ich nochmals beschleunigt werden würde, würde die Hälfte des Weges markieren. Danach würde es weiter Richtung Saturn gehen. Und da wäre dann mein Ziel. Titan – Mond 99 – war ein Mond des Saturn. Also war noch sehr viel Weg vor mir. Aber das war in Ordnung. Die Zeit würde schnell vergehen. So hatte man mir prophezeit. Wie sich später herausstellte, hatten diese klugen Köpfe recht. Durch den „Schlaf- und Wach-Rhythmus" sprang ich quasi durch die Zeit. Momente, wo ich mich später daran erinnern müsste oder sollte, gab es eigentlich nicht. Es war monoton. Ohne weitere Vorkommnisse. Technisch funktionierte alles tadellos. Ich schlief, dann aß ich, Training, etwas Kommunikation mit der Bodenstadion. Einmal durfte ich mit Myra reden. Das war ein unbeschreibliches Gefühl. Mein Herz schlug bis zum Hals. Es tat so gut. Myra erging es ebenso wie mir. Sie erzählte, was sie so in der Zeit erlebt hatte, wie es ihr ging. Ich hatte nicht so viel zu erzählen. Es geschah ja nichts. Nichts weltbewegendes. Ein Tag war wie der Andere. Nichts, was es zu berichten gab. Was sollte ich erzählen? Hab geschlafen, gegessen. Mehr gab es ja nicht.

Bis...

Bis etwas geschah, womit kein Mensch gerechnet hat. Ich war in der X-ten Wachphase. Ich konnte durch das kleine Fenster, durch das ich oft, wenn ich wach war, schaute, etwas Großes erblicken. Ich befand mich in der Mitte des Asteroidengürtels. Was ich sah, war leuchtend wie ein Stern. Die Form erinnerte jedoch eher an ein Auge oder besser – eine Mandel. Je näher ich kam, je mehr änderte sich das Bild. Die Form eines Auges blieb. Nun jedoch erinnerte der Gegenstand eher einem gigantischen Diamant. Natürlich wusste ich nicht um was es sich bei dem Ding handelte. Ich informierte die Kumpels auf der Erde. Allerdings wussten die auch nicht mehr. Man beschloss, dass ich erst einmal nicht gleich wieder schlafen sollte. Ich sollte beobachten ob sich was veränderte. Schauen, ob sich was tut. Auf Strahlen oder Lichtblitze sollte ich achten, oder ob etwas abbricht, sich meinem Schiff näherte. Irgendetwas passierte, das die Mission gefährdet hätte. So beobachtete ich. Tagelang. Zehn Tage schaute ich, ob sich was bewegt. Jedoch... das Ding veränderte sich nicht. Es schien nur zu wachsen, wurde immer größer, weil es näher kam. Vielmehr – ich, mit meinem kleinen Schiff kam näher. Das Ding hatte sich nicht verändert. Das heißt, doch. Ich konnte langsam erkennen, dass es sich weder um eine Mandel oder Auge oder übergroßen Diamant handelte. Nein, es schien Streben zu besitzen. Dunkle Flecken, die an Fenster erinnerten. Ein Chromblitzendes Raumschiff? Ich musste erst näher kommen. Ich machte mit der Bodenstadion aus, dass ich mich melden würde, wenn ich mehr wusste. Vom Essen her, war es kein Problem. Sie gaben mir noch einige Tage zur Beobachtung Zeit. Dann sollte ich, wenn weiter nichts geschah, mich wieder schlafen legen. Doch dazu sollte es nicht kommen! Denn es wurde sichtbar, was es war.

Es war ein Raumschiff! Riesengroß! Es glitzerte tatsächlich wie ein Diamant. Ich konnte mir partout nicht vorstellen was das für ein Material sein sollte. Aber viel größer als diese Frage, war die Feststellung, dass ich wohl scheinbar auf Außerirdische getroffen war. Was nicht einmal ansatzweise zur Diskussion stand, war passiert. Wir hatten so viel besprochen. Man hatte mir alles erdenkliche beigebracht und erklärt. Aber dass ich auf Wesen treffe – und dies noch weit vom eigentlichen Ziel entfernt, die wohl kaum von der Erde waren, damit hatte niemand gerechnet. Ich schon gar nicht. Ich war keiner von den Leuten, die an Verschwörungstheorien glauben oder gar an Außerirdische. Dass es Aliens gab, irgendwo in der Galaxis, sicherlich auch bei einem „näheren" Stern. Ja doch, irgendwelche Wesen auf anderen Welten. Dessen war ich überzeugt. Aber selbst diese „nahen" Sterne, so glaubte ich bis hierher fest, wären so weit weg, dass weder die, noch wir Menschen dorthin gelangen konnten. Für ein Lichtjahr würde ich mit meinem kleinen Schiff, wohl viertausend Jahre brauchen. Und die möglichen Planeten, die, laut Aussage der Wissenschaftler zu dem aktuellen Wissensstand, in Frage kamen, waren zehn, zwanzig und mehr

Lichtjahre weit weg. Also selbst mit Lichtgeschwindigkeit nur schwer zu erreichen. Man hat auch nie was beobachtet. Also, wie zum Teufel, sind die unbemerkt hierher zu kommen? Eine Frage, die ich Denen unten auf der Erde schrieb. Da jedes Wort, dass wir per Funk gesendet hätten, sowieso mit einem Zeitunterschied angekommen wäre, entschied man sich dafür Mails zu schreiben. Auch diese bräuchten zur Zeit etwa zehn Minuten, bis sie auf der Erde angekommen waren. Man hielt es aber für einfacher. Bis ich also Antwort erhalten würde, würden mindestens zwanzig Minuten vergehen. Das war knapp. Der Abstand zum Schiff verringerte sich zusehends. Ich überlegte bereits auszuweichen. Bevor ich dies tun würde, müsste ich, so die Vorschrift, erst die Damen und Herren auf dem Boden informieren. Das hatte seinen Grund. Natürlich war es abgemacht, dass ich – zur Not, auch mal einem Kometen ausweichen könnte. Wenn Zeit bliebe, sollte ich erst nachfragen, da ja anschließend der Kurs neu berechnet werden müsste. Ich haderte mit mir, da ich nicht abschätzen konnte, wie nahe ich dem fremden Schiff war, beziehungsweise, wie groß es war. Nun jedoch erschrak ich. Ich musste mich verschätzt haben – entweder mit der Größe des anderen Schiffes, oder mit der Geschwindigkeit die ich drauf hatte. Jedenfalls war ich eben auf dem Weg zu meinem PC, um der Bodenstadion die Meldung zu schreiben, dass ich ausweichen würde. Dann wollte ich auf Nummer sicher gehen und nachschauen um nicht überzureagieren. Das Schiff erschien beinahe doppelt so groß als noch vor wenigen Augenblicken! Ich erinnerte mich, was die „Kollegen", die mich unterwiesen, erzählt hatten. Ich bewegte mich mit beinahe dreißigtausend Stundenkilometer. Wenn die sich ebenso schnell bewegten, was ich nicht erkennen konnte, dann rasten wir mit unglaublicher Geschwindigkeit aufeinander zu! Jetzt brannte quasi die Luft! Die Zeit, den „Boden" zu informieren, blieb nicht. Ich musste schleunigst auf eigene Faust handeln. Sonst wäre eine Katastrophe unausweichlich. Ich nahm den Bedien-Stick in die Hand. Ein etwa 40 cm großer Bildschirm zeigte mir das Bild, das sich mir bot. Das gegenüber fliegende (oder schwebende) Schiff hatte gigantische Ausmaße. Es musste mehrere hundert Meter lang sein. Mein kleines Schiff wirkte auf dem Bildschirm wie eine Fliege, neben einer ausgewachsenen Kuh. Das Schiff befand sich links, schräg vor mir. Ich musste also nach rechts ausweichen. Und hierfür blieb nicht mehr viel Zeit. Ich begriff, dass es knapp werden würde. Sehr knapp! Ich hatte alles aktiviert. Die Lenkung schien jedoch nicht anzuspringen! Ich nahm Geschwindigkeit weg, und das war gut. Ich sah, dass die Fliege – mein Schiff, sich von dem riesigen Schiff wegbewegte. Doch es war zu spät! Ein Seitenteil des Schiffes, das auf mich zukam, war so breit, dass ich nicht schnell genug entkam! Ich schaute aus meinem kleinen Fenster. Das Schiff schien vor meinen Augen zu wachsen. Mein Herz schlug nun bis zum Hals. Mein Puls raste. Ich schnappte nach Luft! Ich verstand, dass es um mich geschehen war. Eine Kollision war unausweichlich! Das scheinbar aus Glas bestehende Schiff war nun so nahe, dass sich meine Sicht verdunkelte. Mein Herz raste nun auf „Maximum" - noch mehr, und es würde sicherlich den Dienst quittieren. Ich hatte höllische Angst. Was nun geschah, wollte ich nicht glauben! Man sagt ja, dass bei Menschen, die Sekunden vor dem Tod stehen, ein Film vor dem inneren Auge abläuft. Ich hielt dies für ein Märchen, dass man Kindern erzählt – aber – es war so! Ich sah mich selbst in kurzen Hosen als Kind auf dem Spielplatz. Lachend war ich der Mama im großen Sandkasten entgegengerannt – in ihre offenen Arme. Schulkameraden sah ich für Millisekunden, die ich eigentlich bereits vergessen hatte. Dann war ich älter und sah mich im Spiegel, als ich die ersten Stoppeln mit Vaters Nassrasierer aus dem Gesicht kratzte. In Zehntel-Sekunden-Abschnitten sah ich Bilder meiner Lehre, meines ersten Autos. Dann sah ich Myra lachend vor mir. Gefühlt für eine Sekunde. Mein Puls schien sich durch ihren Anblick für einen Teil einer Sekunde wieder zu verlangsamen... bis, bis ich das Bild der Terroranschläge vor Augen hatte. Die Toten, die überall herumlagen. Die abgerissenen Arme und Beine, die ich nie aus meinem Schädel bekommen würde. Doch dann: ein ohrenbetäubendes Scheppern war das Letzte, was ich vernahm. Ein unglaublicher Ruck erschütterte mein kleines Reich. Ich sah die Wand in unglaublicher Geschwindigkeit auf mich zufliegen.

Dann wurde es Schwarz.
War das der Tod?
Schwarz?
Ich fühlte nichts. War es so? War der Tod eine Sache ohne
Schmerzen? Ich erwartete, dass ich gleich wach werden würde und
mich auf einer Wolke befand und ich auf die Erde herunterblicken
könne und so Myra und meine Mama sehen könnte. Doch...
ich blinzelte... es wurde hell.

Licht, ein Licht wie man es vom Zahnarzt kennt, blendete mich. Ich
fühlte wieder meinen Körper. Mein Gewicht auf einer kalten Liege.
Und ein Wesen das Ähnlichkeit mit einem Menschen hatte, schaute
mich besorgt an. Sein Kopf erschien nur größer als der eines
„normalen" Menschen zu sein. Als ich mich von der hellen Lampe
etwas abwandte, und somit den ganzen „Kerl" sehen konnte, sah ich,
dass er viel größer war wie ein Mensch. Er musste wohl so um die
2,5 Meter groß sein. Und seine Gesichtszüge erinnerten an jemanden,
der aus Ägypten oder Marokko stammte. Also arabischer Herkunft
gewesen wäre. Auch seine Kutte erinnerte an diese Gegend,
jedenfalls zu früheren Zeiten, als es dort noch Beduinen gab. Der
Mann war wohl sehr alt. Die Haut in seinem Gesicht erinnerte an
gegerbtes, von der Sonne gebranntes Leder. Die tiefen Falten in
seinem Gesicht, verrieten ein Alter von mindestens hundert Jahren.
Seine Stimme klang angenehm. Er sprach in meiner Sprache!

„Na, wie geht es dir?, mein junger Freund – fragte er mich, und ich
konnte in seinem Gesicht ablesen, dass die anfängliche Sorge um
mich, verschwunden schien.
Ich konnte gar nicht antworten – mir gingen nur so viele Fragen
durch den Kopf, die ich; einem Feuerwerk ähnlich, auch alle gleich
abfeuerte: „Wo bin ich, wer bist du, wieso lebe ich noch, wo kommst
du her, wieso weiß kein Mensch von euch, bist Du alleine, wieso ist
das Schiff so groß, aus was besteht es... wieso sprichst du meine
Sprache? Ähm, ich bin sicher, dass wir uns nicht kennen... ich
verstehe das alles nicht", stammelte ich aufgeregt. Ich spürte mein

Herz immer noch, es schien aus der Brust springen zu wollen; wenngleich die Aufregung – gegenüber weniger Momente zuvor, sich etwas gelegt hatte. Das gütige Gesicht meines Gegenübers sorgte gar dafür, dass sich mein Puls weiter verlangsamte. Mir wurde bewusst, dass von ihm, wer immer es auch war, keine Gefahr ausging. Im Gegenteil. Er – oder Sie schienen sich ja sichtlich um mich gekümmert zu haben. Nach diesem Gedanken stellte sich eine neue Frage, welche ich dann auch gleich stellte: „Wieso seid Ihr mir nicht ausgewichen? Wieso ließest Du den Zusammenprall beider Schiffe zu?"

Ein leichtes Lächeln, welches der berühmten „Mona Lisa" ähnlich sah, verformte seine Lippen. „Du hast viele Fragen..." - und nach kurzer Pause vervollständigte er seinen Satz: „und das verstehe ich sogar".
Er wirkte menschlich, was veranlasste, dass noch eine Frage meinem Hirn entsprang. Ich sah Jesus (jedenfalls, wie man Ihn auf Gemälden, die in Kirchen hingen, kannte) vor meinem inneren Auge. Was also hatte er mit Ihnen zu tun... oder musste es heißen: Sie mit Ihm? Woher also kam diese Vertrautheit. Er kam mir vor wie ein Onkel, den man nur selten sah, von dem man aber wusste, dass er zur Familie gehörte. Mein Puls und Herzschlag hatte sich nun auf ein Normalmaß reduziert. Es ging mir gut, obwohl ich immer noch nicht genau wusste, ob ich tot war, und dies der Himmel (oder Hölle) war. Antworten hatte ich noch keine. Ich setzte mich mal auf. Leichter Schwindel ließ meine Bewegung in Zeitlupe ablaufen. Die Liege, so erkannte ich nun, war tatsächlich einem Zahnarztstuhl nicht unähnlich. Sie schien aus Leder zu bestehen. Naturfarben, gut gepolstert, und, mit geschätzt drei Metern Länge, für einen Durchschnittsmenschen wie mich, zu groß geraten. Sie hatten wohl nicht mit Besuch gerechnet. War ich also auf der Krankenstation von den Kollegen gelandet?
Ein weiterer Mann oder Wesen betrat den Raum. Jetzt erst erkannte ich die Ausmaße der Räumlichkeit. Die Wände so weit weg. Die Decke so hoch. Alles Weiß... das kannte ich doch irgendwoher...

keine weiteren Möbel waren zu sehen. Keine Lampe, kein Fenster, dennoch war das Zimmer lichtdurchflutet. Nur Schubladen und Schranktüren waren in die Wände eingelassen. Auch dies erinnerte mich an mein kleines Schiff, das bis vor wenigen Minuten meine zweite Heimat gewesen war.

Das zweite Wesen war nun an die Liege herangetreten. Ich saß darauf. Die Arme seitlich abgestützt. Ich sah nun, dass ich nur eine Art Nachthemd anhatte. Auch er hatte eine Kutte wie sein Kollege an.

Er fragte mich: „Mein Sohn... verspürst du Hunger?"

Nach kurzem Überlegen gab ich zu: „Ja, ich habe in der Tat etwas Hunger."

„Dann folge uns. Im nächsten Raum wirst du finden, was deinen Hunger stillen wird. Wir werden uns dort dann auch bemühen dir deine Fragen zu beantworten."

Mir war aufgefallen, dass auch Er eine ähnlich sanfte Stimme hatte, wie sein Kumpel. Unheimlich Vertrauenerweckend erschien mir alles. In dem Moment fragte ich mich ob dies alles nur ein seltsamer Traum war. Ich zwickte mich unbemerkt in die linke Hand. Es tat weh! Ich folgte den Beiden. Wir verließen den Raum und wir gelangten in einen Flur, der lang war; ebenfalls Fensterlos und dennoch hell. Das Zimmer welches wir betraten war noch größer als der erste Raum. Ich kam mir vor wie ein Zwerg unter Riesen. Ja, wie im Märchen. Nur, dass dies kein Märchen war. Obwohl, was ich nun sah, erinnerte schon an ein Märchen. Da war rechter Hand ein Buffet mit allem Essbaren, was das Herz begehrt. Früchte! Tatsächlich Äpfel und Birnen! Wo hatten die das alles her? Auch anderes Obst erblickte ich. Exotische Früchte. Groß wie eine Wassermelone. Sonst aber eher eine Orange. Aber auch Gemüse gab die Tafel her. Und Brot! Woher kannten die Brot? Es hantelte sich um eine Art Fladenbrot, wie man es aus dem nahen Osten oder Afrika her kannte.

Flach, rund, mit dunkler Kruste. Rotwein! Ich traute meinen Augen nicht. Und Wasser. Und so etwas wie Saft. Und Salami... ich konnte es nicht fassen. Also, verhungern würde ich nicht, das stand fest.

Auch Tische und Stühle waren in diesem Raum. Auch diese Möbel erschienen alle etwas zu groß geraten. Und alles war etwas schmucklos. Ohne Farbe. Aber was soll´s. Wir setzten uns an einen der Tische. Ich aß von dem Brot, der Salami und trank ein Glas Wasser. Auch der Wein hätte mir sicher im Moment gutgetan. Doch diesen Genuss stellte ich vorerst hintenan.

Der Mann der als letzter zu mir kam, begann meine Fragen zu beantworten. „Du musst dich dem was ich dir sage öffnen. Vieles wird dir unglaubhaft vorkommen. Wer wir sind, zum Beispiel. Doch eines nach dem Anderen. Warum sind wir nicht ausgewichen? Nun, das sind wir. Du kamst jedoch schnell auf uns zu. Unser Schiff ist groß und reagiert nicht so schnell. Wir konnten den Zusammenprall nicht verhindern. Wir wollen auch nicht auffallen. Wir verstecken uns – nach eurer Zeitrechnung, seit tausenden von Jahren, hier zwischen den Trümmern des alten Planeten.“

„Alten Planeten?“ - fragte ich zwischendurch.

„Das, was Ihr Menschen den Asteroidengürtel nennt, ist in Wahrheit das Ergebnis eines Zusammenpralls, der vor ewiger Zeit stattfand. Der Mars prallte mit einem kleinen Planeten zusammen, der etwa so groß war, wie euer Mond“.

„Ah, okay, verstehe... entschuldige die Unterbrechung“.

„Das, was uns unsichtbar macht ist eine Kristallstruktur. Daraus besteht unser Schiff. Dies hat mehrere Vorteile. Von der Erde aus bleiben wir für immer im nicht sichtbaren Bereich. Wir unterscheiden uns nicht von den Trümmern. Und – die Kristallschicht schützt uns vor Strahlen aus dem All. Wir sind hier sehr sicher. Wir haben alles was wir brauchen. Aus den Stoffen, die wir nur vor der Haustüre, wie Ihr sagen würdet, einzusammeln brauchen, können wir alles zusammenbrauen. Auch das Brot, das du gegessen hast. Es besteht aus Molekülen, die wir zusammenfügen... so, dass sie essbar sind. Wasser ist quasi in unbegrenzter Menge da draußen vorhanden. Wir haben Möglichkeiten diese Stoffe aus dem All einzusammeln und für uns zu nutzen. So leben wir schon seit so langer Zeit hier. Der Asteroidengürtel ist unsere Heimat geworden."

„Aber wo kommt Ihr her?" - fragte ich ungeduldig.

„Wir, das wird dich nun wundern, wir sind die Gründer der Bevölkerung auf der Erde. Wir nennen uns Nephilim. Wir kommen von weit draußen. Wir haben vor über dreitausend Jahren auf der Erde gelebt und uns mit euren Frauen gepaart. Die damaligen Herrscher auf der Erde haben das nicht gern gesehen. Wir wurden verbannt. Zu Wächtern degradiert."

„Was sollt Ihr bewachen... worauf habt Ihr gewartet?"

„Auf dich! Wir haben alles auf der Erde die ganze Zeit beobachtet und abgehört. Das war unsere Aufgabe. Da wir uns nicht mehr vermehren konnten, sind wir Beide hier, die letzten Helfer der Menschen."

„Was sollt Ihr denn tun?" - fragte ich ungläubig.

„Nun, dir helfen. Wir wissen warum du hier bist. Unsere Aufgabe, die die höchsten Mächte uns auftrugen, ist, die Herrschaft der Erde denen zu übergeben, die die Herrschaft verdient haben. Dies wären wir den Menschen schuldig. Und wir hatten Schuld. Es gehörte nicht zu unseren Aufgaben Kinder mit Menschenfrauen zu zeugen.

„Wartet" - mir kam eine Idee - „Ihr wollt mir nicht sagen, dass Ihr die in der Bibel seid. Die aus der Genesis. Die alle fünf, sechs, sieben... oder achthundert Jahre alt werdet?"

„Doch, genau die sind wir, ob du uns das glauben mögest oder nicht. Ich nenne dir von unseren Namen nur die Abkürzungen. Du könntest es nicht richtig aussprechen und, nun, uns gefällt es selbst besser so. Er hier heißt Nu und ist, nach eurer Zeitrechnung 917 Jahre alt, und mich kannst du Si nennen. Ich bin 898 Jahre alt. Nach uns wird es keine von uns geben – außer auf unserem Heimatplaneten natürlich. Auf dem wären wir am liebsten. Aber wir haben versprochen unseren Dienst zu tun. Unsere Aufgabe ist erst erledigt, wenn wir beide den letzten Atemzug getan haben oder das Zepter geborgen haben, um es dann dem rechtmäßigen Besitzer zu übergeben. Wir haben beide die meisten Lebensjahre hinter uns. Aber es wird uns eine Ehre sein, Dir und somit den Menschen, behilflich zu sein.

Kapitel 9
Myras Gedanken

Auf der Erde, zur selben Zeit... Myra...

Ihr Herz schlug höher, und dies, ohne ersichtlichen Grund. Sie saß auf einer karierten Decke, am Weiher – in dem Park in dem wir beide so oft saßen und nur die vorbeiziehenden Wolken oder die großen Karpfen beobachteten die sich an der Wasseroberfläche zu sonnen schienen. Sie wurde plötzlich ganz unruhig. Der Friede, den der Park und die spiegelnden leichten Wellen aussandten, war verloren gegangen. Myra wusste nicht warum, aber es war so. Die Kinder, die auf der großen Wiese, Ball spielten, nervten Myra plötzlich! Bis eben hatte sie sich noch so gefreut, dass die Kinder so fröhlich lachten und ihren Spaß hatten. Ebenso nervte sie ein älteres Ehepaar, die Hand in Hand an ihr vorbeiliefen. Sie grüßten zwar freundlich, aber Myra erschien es eher, als ob die Zwei sie mit ihren Blicken durchsieben könnten. Als ob sie hinter ihre Stirn schauen könnten und die Gedanken lesen konnten. Als ob sie hämisch sagen wollten: Ja, Mädchen, wir wissen, was los ist – aber wir sagen es dir nicht. Myras Unruhe und Puls stiegen weiter an. Diese Ahnung, dass etwas passiert sein musste und keiner ihr weiterhalf, das machte sie schier Wahnsinnig. Und ja, dadurch störte sie sogar, dass die Grashalme vom Wind „zerzaust" wurden. Die Ruhe, die sie bis eben noch umgab, war verflogen. Und wirklich alles störte sie. Sie musste weg von hier. Von dem Platz, der eigentlich zu ihren Lieblingsplätzen gehörte. Nun aber nicht mehr – jedenfalls nicht in dem Moment. Vielleicht später mal wieder. Wenn sie herausgefunden hatte, was sie so verrückt machte. Wenn ER wieder bei ihr wäre. Dann wäre dieser Platz wieder der Richtige. Und nur dann! Jetzt jedenfalls sammelte sie alle ihre Habseligkeiten ein. Die Decke legte sie nicht mit der gewohnten Sorgfalt zusammen. Das alles war seit ein paar Augenblicken zweitrangig geworden. Unwichtig. Etwas war passiert! Was Schlimmes. Das war ihr klar. Nur was?

Ihr kleines, weißes Auto stand nur wenige hundert Meter weiter am Straßenrand. Dort angekommen, warf sie alles, was sie letztlich nervös in die Decke gewickelt hatte, in den Kofferraum und setzte sich dann hinters Lenkrad.

„Stopp", sagte sie leise vor sich hin. „Sammel dich erst einmal, atme tief ein und überlege erst einmal, was du da tust... und warum."

Und das tat sie dann auch. Geräuschvoll atmete sie tief ein und langsam wieder aus.

Langsam begann sich die Blockade in ihrem hübschen Köpfchen zu lösen. „Frank", murmelte sie kaum hörbar vor sich hin. „Wenn mit ihm was ist, muss ich mich an die Bodenstadion halten. Das sind die, die was wissen." Myra kramte ihr Handy aus ihrer kleinen, roten Lederhandtasche und suchte unter den Kontakten die Nummer heraus, von der sie dachte, dass sie am ehesten Antworten erhalten konnte. Und so war es auch. Ein Blick auf die Armbanduhr verriet Myra, dass es 16:21 Uhr war, was hieße, dass Lars, ihr gemeinsamer Bekannter der Bodenstadion, nun Mittagsschicht hatte. Nach dem dritten Klingeln, ging Lars an sein Handy und Myra freute es riesig, dass sie mit einigen der dort arbeitenden ein so gutes Verhältnis aufgebaut hatten, dass sie sogar die privaten Telefonnummern ausgetauscht hatten. Das kam ihr nun zugute. Ansonsten hätte sie sich dreimal verbinden lassen müssen, alles dreimal erklären müssen – was ihrem Nervenkostüm nur noch mehr geschadet hätte.

So jedoch hatte sie den netten Lars quasi sofort an der Strippe. Und das war gut so, nicht nur, wegen der Nerven – nein, durch ihn, so hoffte sie, würde sie die gewünschte Information „aus erster Hand" bekommen. Sie hatte keinen „Chef" am Apparat, der ihr gegebenenfalls sowieso nicht die Wahrheit gesagt hätte. Es ist doch immer gut wenn man selbst einen kennt, dem man vertrauen kann, dachte sie noch, deutlich aufgeheiterter als noch Sekunden zuvor.

„Myra", meldete sich Lars, er hatte ihren Namen auf dem Display gelesen. Und seine Stimme klang etwas verhalten. Nicht so fröhlich wie sie ihn kannte, wodurch sich ihre Stimmung augenblicklich wieder verschlechterte. Nun war klar, dass ihr Gefühl sie nicht belog. Gleich würde sie die Hiobsbotschaft hören. Sie machte sich auf alles gefasst, hielt die Luft an und spannte die Muskeln an. Sofort schmerzte der Nacken.

„Erkläre mir alles", bat sie Lars mit einem Befehlston, den man von ihr nicht kannte - „und bitte sage mir alles... ich weiß, dass was nicht stimmt. Ich fühle es."

Es vergingen einige wenige Sekunden. Myra klopfte der Puls am Hals und sie hörte das Blut in den Ohren rauschen. „Lars", schrie sie daher ins Telefon, da es ihr zu lange dauerte, bis er antwortete.

„Okay, okay... du kannst dir denken, dass ich eigentlich nichts sagen soll... aber du erfährst es doch. Also... wir haben vor etwa zwanzig Minuten den Kontakt zu Frank verloren. Zuvor hat er sich gemeldet. Er hat wohl versucht einem Kometen... einem Brocken, der da oben herumschwirrt, auszuweichen". Nach kurzer Pause, die Myra wieder viel zu lange dauerte, fügte er hinzu: „Ich weiß nur, dass sein Schiff nicht mehr auf dem Schirm ist!" Dann machte er erneut eine Pause und sagte dann noch, dass sie ihm versprechen müsse, dass sie diese Info nicht von ihm hätte, da er sonst Probleme bekäme. Ohne zu antworten, drückte Myra auf den roten Knopf und beendete somit das Gespräch. Sie stierte stumm auf das Handy. Unendliche Traurigkeit umklammerte sie wie ein gewaltiger Dämon gegen den sie nicht die Macht hatte zu entkommen. Ihr wurde schwarz vor Augen und ihr Kopf fiel zur Seite. Es schien, als ob ihr jemand die Luft zum Atmen geraubt hätte. Die Ohnmacht hielt nicht lange an. Nach etwa einer Minute steckte sie den Schlüssel ins Schloss ihres Autos, und ließ den Motor an. Sie fuhr heim. Am liebsten wäre sie nach Deutschland zurück, zu ihrer Mutter. Doch das konnte sie nicht. Sie musste jetzt stark sein. Sie musste schauen wie es weitergeht. Ihr war klar wie schwer das werden würde. Alles in der Wohnung würde sie an ihn erinnern. Gegenstände, von denen sie bisher froh war, dass sie sie an Frank erinnerten, würden nun zu Gegenständen werden, die sie bald hassen könnte, gerade weil sie sie an Frank erinnern würden! War sie nicht von Anfang an dagegen?

Hatte sie nicht nein gesagt? Gab es wirklich keinen, der diese scheiß Mission meistern konnte – musste es wirklich Frank sein? Aus Myras Sicht ganz klar nein... sie hätten einen Astronauten holen sollen... dann wäre ihr Schatz noch am Leben, dachte sie. Dann wischte sie sich mit dem Handrücken die Tränen von der Wange, machte den Schulterblick und fädelte sich in den fließenden Verkehr ein. Der Weg war Gott sei Dank nicht weit. Zu Hause angekommen, warf sie sich aufs Bett und weinte bitterlich.

Ihr Handy klingelte. Erst wollte Myra nicht dran gehen. Doch es hörte nicht auf zu läuten. Mühsam und kraftlos rappelte sie sich auf und setzte sich aufs Bett. Sie versuchte sich zu beruhigen und wischte sich, dieses Mal mit beiden Händen, beide Augen gleichzeitig, die Tränen weg. Ein Blick aufs Handy verriet ihr, dass es Lars war! Was wollte er? Er legte nicht auf – es schien wichtig zu sein...

„Ja", schluchzte sie - „Lars, was gibt es noch?"

„Ich", stotterte er - „ich... ich weiß nicht ob ich es dir sagen soll, ich will dir... will dich nicht verwirren. Aber es könnte sein, dass Frank noch lebt!"

„Was?" - schrie Myra ins Telefon - „mach keine Scherze... dafür bin ich nicht aufgelegt... was ist?" - fragte sie dann doch, nicht ganz ohne Hoffnung. Sie kannte Lars nun doch ganz gut. Er, und auch seine Freundin. Er war einer von jenen von der Bodenstadion, mit denen sie eine Freundschaft aufbauen konnten. Sie waren ein paar Mal zusammen Essen gegangen und hatten auch im Park viel Spaß zusammen. Warum sollte er dumm schwatzen?

„Nun", fing er an zu erzählen, und Myra dauerte es schon wieder viel zu lange. Ihr Geduldsfaden war nur noch hauchdünn. „Es gab da ein seltsames Phänomen! Es ist ja so, dass wir nicht nur mit Frank reden, besser gesagt, schreiben. Wir... soweit wir das können, beobachten ihn ja auch. Unsere Teleskope sind nicht..."

„Mich interessieren eure Teleskope nicht – erzähle, was du weißt; oder glaubst zu wissen", unterbrach ihn Myra ungeduldig.

„Nun", erzählte Lars weiter, und ließ sich nicht aus der Ruhe bringen - „wenn man die digitalen Bilder verbessert, was ich tat, dann kann man schon noch etwas erkennen... aber sage nur keinem, dass du das von mir hast!" - bat er erneut.

„Nun erzähle schon!", flehte Sie - „spanne mich nicht so auf die Folter!"

„Okay, dieses Trümmerfeld da oben ist seit langem bekannt. Gerade jetzt, wo Frank dort immer näher kam, haben wir natürlich um so mehr die Augen offen gehalten..."

„Lars", schrie Myra - „nun sag es schon, was du mir sagen willst. Ich halte es nicht mehr aus!"

„Ja, ich mache ja schon, okay? Also... da war ein besonders heller Brocken in der Nähe von Franks Schiff. Und dieser Brocken bewegte sich, kurz vor der Kollision... und zwar in eine Richtung, die unüblich erschien – von Franks Schiff weg! Und..."

„Und?"

„Und dieser, doch recht große Brocken hat sich nun fortbewegt!"

„Wie? Fortbewegt?"

„Ja, und das ziemlich schnell! Dieses Ding hat sich so schnell bewegt, dass wir es nun nicht mehr auf dem Schirm haben. Es wurde kleiner und kleiner, bis wir es nicht mehr beobachten konnten!"

„Und was soll das sein? Jetzt erzähle mir nicht, dass Außerirdische Frank mitgenommen haben! Also ich habe wenig Ahnung von dem, was ihr da tut. Aber an so etwas, da kann ich nicht dran glauben!"

„Nun ja, wie gesagt, ich will dich weder verwirren, noch verunsichern. Ob Frank auf dem fremden Schiff ist, das weiß ich nicht... aber eines weiß ich mit Sicherheit. Keines von den Bruchstücken die da oben herumschwirren, haben einen eigenen Antrieb. Es passiert mal, dass sich die Stücke berühren. Das beobachten wir schon mal, und dann fliegt jedes in die entgegengesetzte Richtung, das kennt man, aber nicht so schnell! Es dauerte nur Sekunden, und das Ding – das Schiff war weg."

„Kann es durch den Aufprall zerbröselt sein?" - wollte Myra wissen.

„Wir haben es uns immer und immer wieder angesehen. Ja, wenn zwei von diesen Teilen zusammen prasseln, dann sieht man anschließend noch weitere, viel kleinere Bruchstücke. Nein, das hier war anders. Wie... wie eine Fliege, die auf deiner Hand krabbelt und dann weg fliegt. Auch wenn du der Fliege hinterherschaust, sie ist irgendwann aus deinem Sichtfeld. Weil sie so weit weg ist."

„Ja, ich verstehe. Aber was soll ich jetzt damit? Ich weiß nicht, ob Frank lebt oder nicht. Der Rest ist Spekulation... oder?"

„Hm, genaugenommen schon. Ich werde es auch nicht weitererzählen. Erst, wenn wir von Frank ein Zeichen hätten, würde wieder echte Hoffnung bestehen. Aber ich dachte, du solltest es wissen." - endete Lars und legte auf.

Wohl wissend, dass Lars es nicht hörte, bedankte Myra sich. Ihr Blick war leer. Sie war nach dem Gespräch nicht ohne Hoffnung, aber auch nicht mit großer Zuversicht im Herzen. Alles konnte sein – oder nichts...

Warten. Warten war angesagt. Nicht eine von Myras Stärken... Die Zeit verging. Wochen und Monate. Was geschah? Nichts. Schlauerweise hatte keiner was nach außen dringen lassen. Auch Myra nicht. Was hätte sie auch sagen sollen? Wenn sie ernsthaft das Wort Außerirdische in den Mund genommen hätte, hätte sie doch nur Spott geerntet! Keiner hätte sie ernst genommen. Die ganze Geschichte war doch so schon fantastisch genug. Gerade die letzten Tage und Nächte hatte sie sich alles nochmals durch den Kopf gehen lassen. Mehrmals sogar. Die ganze verrückte, seltsame Story... da war eigentlich nur eine erfolgreiche Band, die zwar Texte verwandte, die das Thema Satan immer wieder aufgriffen, doch, das meinte doch wirklich keiner ernst! Als die Satanisten auf der Bildfläche erschienen, wusste Myra, dass es wohl, und dies weltweit - doch genügend Menschen gab, die diesen Quatsch, aus ihrer Sicht, doch nur allzu ernst nahmen. So ernst, um massenhaft Leute umzubringen, und dies nur um einem Satan (gab es den überhaupt?) ein Zepter zu überreichen. Sodass dieser dann die Welt regieren kann. Wie verrückt das war, wurde Myra erst bewusst, als sie darüber nachdachte. Aber – es war so! Da gab es nichts dran zu diskutieren. Und Frank – ihr geliebter Frank, sollte dieses Zepter besorgen – auf irgendeinem beschissenen Mond liegt das Ding. Wahrscheinlich ein wertlos Stück Eisen... womöglich bereits total verrostet, sodass es zerbröselt, sowie man es in die Hand nimmt. „Ja, genau" - ging es Myra durch den Kopf. „Hat sich mal einer Gedanken gemacht ob das Ding überhaupt existiert? Ob es nur ein Hirngespinst einiger Idioten ist. Und wenn es mal existierte – ob man überhaupt noch was damit anfangen konnte? Diese Idioten", dachte sie weiter - „sind los gesprungen und haben gemacht, was ein paar Verrückte verlangten!" Aber da fiel ihr ein, dass es ja sehr viele Tote gab, und dass man reagieren musste. „Aber hätte man nicht weitersuchen müssen – nach den Übeltätern, die die ganze Scheiße angefangen hatten?" - dachte sie weiter. Aber ihr wurde klar, dass wirklich alles getan wurde, dass man sich nicht so leicht erpressen ließ. Sie hatten sich sogar soviel Zeit gelassen, bis es weitere Anschläge gab. Weitere Tote und Verletzte. Menschen, die nichts für das alles konnten. „Ja, aber musste wirklich Frank da raus, in das unwirkliche Weltall. Er war eigentlich Musiker... aber auf diese Frage erhielt sie trotz weiteren Grübeleien keine Antwort. Nie.

Unterdessen...

Ich musste erst das alles auf mich wirken lassen. Ich musste zugeben, dass ich ziemlich überfordert war. Im Moment überlegte ich mir ernsthaft ob ich – entweder noch schlief und träumte, oder ob ich verrückt war. Ich wusste nur Eins, und dies war normal, dass ich vorher träumte. Von Jesus, und diesen Grund verstand ich ebenso wenig wie das Treffen mit diesen Wesen. Der Traum von Jesus war das Gegenteil von dem Traum, den ich sehr wohl verstand: Myra – die Erinnerungen führten diesen Traum. Da fühlte ich mich wohl. Hier und jetzt fühlte ich mich jedenfalls nicht wohl. In meinem kleinen Schiff, da war alles in Ordnung. Ich fühlte mich der Aufgabe gewachsen, die man mir auftrug... ja, es war sogar cool, man hatte mich ausgesucht – mich! Und keinen anderen. Ich sah mich schon auf dem Mond 99 stehen, in einer Höhle das Zepter bergen, und... nun ja, als glücklicher Held das Ding Einem zu übergeben. Irgendeinem. Es wäre egal gewesen wem. Ich wäre es gewesen, der es gemacht hätte. Aber – ich habe versagt. Bei der ersten Kurve bin ich bereits raus-geflogen. Die erste Schwierigkeit konnte ich nicht meistern. Ich war von mir enttäuscht. Ich hätte eher reagieren müssen. Und eigentlich wäre ich tot gewesen, hätten mich nicht diese Aliens gerettet. Und mit diesem Punkt kam ich am wenigsten zurecht. Aber... was hatte Si als letztes gesagt? Die beiden wollten mir helfen. Also fragte ich die Beiden betrachtend: „Nun, ihr Zwei, wie geht es denn nun weiter?"

„Wir sind wie gesagt hier, um zu helfen. Wir fliegen dich zum Mond und bringen dich mit dem Zepter zur Erde. Und – falls wir noch lange genug leben, können wir zurück zu unserem Planeten. Wir sind dir also dankbar. Anders wären wir da oben gestorben. Irgendwann wäre unser Schiff zerschellt. "
„Nun, dann geht es mir ja wieder etwas besser."
Mir kam jedoch Myra in den Sinn. Vorbei waren die Gedanken von Ruhm und Heldentum. Ich war jetzt schon froh, wenn ich endlich zu Hause wäre und Myra umarmen könnte. Ich sah sie in dem Augenblick vor meinem inneren Auge. Ich vermisste sie unheimlich. Ja, ich sehnte mich in dem Moment nach Myra, dass es fast weh tat. Ich hatte sogar ihren Geruch in der Nase, und das total Verrückte, ich wusste ganz genau... fühlte es – Myra ging es genauso. Ich sah sie in meiner Vorstellung, wie sie zum Himmel schaut, mit einer Träne im rechten Auge... im linken Auge blitzte Hoffnung hervor. Wenn ich ihr doch in dem Moment hätte sagen können, dass es mir gut ging. Jetzt wusste ich das erste Mal in meinem Leben, was es heißt, wenn jemand sagt: das Herz blutet einem. Ich wusste nun nur zu gut, wie sich das anfühlt. Das Verlangen, sie nun in den Arm zu nehmen, war noch nie zuvor so groß. Die Liebe noch nie so tief. Sehnsucht umarmte mich ganz fest. Je mehr Kilometer zwischen uns lagen, je schlimmer wurde es. Ich wandte mich nach Si und Nu. Ich musste meine Gedanken in eine andere Richtung lenken.

Myra saß genau in diesem Moment da, ein Glas Rotwein vor sich und stierte vor sich hin.
Plötzlich hatte sie eine Art Eingebung
„Frank" - schrie sie, und sie wusste es, ich war am Leben!

Sie hatte das unbändige Gefühl, dass Ich lebte. Sie fühlte es tief im Bauch, sah mich in ihrem inneren Auge vor sich – genauso wie ich. Ich sah sie auf dem Bett; auf dem Nachttisch die halbleere Flasche Rotwein neben dem gefüllten Glas. Wir hatten in der Tat eine innere Verbindung, die über die weite Distanz funktionierte. Die Sterne schienen als Antennen zu dienen. Denn sonst war ja kaum etwas um mich herum, bis auf die vergleichbar dünne Haut des Alienschiffes.

Ich überlegte und stierte derweil in Richtung Erde. Genauso, wie sie (scheinbar) in meine Richtung schaute... immer noch. Im Unterbewusstsein registrierte ich, dass meine beiden neuen Begleiter sich verabschiedeten. Sie hatten sich auf den Weg gemacht um das Schiff zu starten. „Wenn du uns brauchst, folge einfach dem Flur" - waren ihre Worte, bevor sie den Raum verließen. Ich nickte, hatte es verstanden, verlor mich jedoch augenblicklich wieder in meinen Gedanken. Myra erschien wieder in meinem Tagtraum. Ich fühlte dass die Angst sie verlassen hatte. Mir erging es genauso. Ich fühlte mich wohl bei diesen Wesen. Sie strahlten Ruhe und Kraft aus. Ich war nie derjenige, der die Bibel auswendig kannte, doch fiel mir ein, wer die Beiden waren. Die sprichwörtlichen Schuppen fielen mir von den Augen. Die beiden „Helfer" waren die letzten Nachkommen, die in der Bibel; der Genesis, vorkamen. Was ich nicht dabei hatte... natürlich nicht! - war eine Bibel. Auch strengte mich das Denken an, da ja doch sehr viele, schier unglaubliche Ereignisse in sehr kurzer Zeit geschehen waren. Wie in einem Sturm, bei dem die Blätter des Herbstes einem um die Ohren flogen, schossen die Ereignisse in mein Hirn, welches ehrlicherweise Probleme hatte, dass alles zu verarbeiten. Kam doch noch die emotionale Seite um Myra hinzu, was die Begebenheiten nicht gerade einfach erscheinen ließen. Doch um so mehr musste ich die Story vor Augen haben, um alles komplett zu verstehen. Ich wusste dass ich diese Stelle in der Bibel mal gelesen hatte, sogar öfter. Weil auch dieser Teil quasi unglaublich war... aber wie sich nun für mich herausstellte, war dieser Teil der Bibel so wahr, wie ich nun hier saß und grübelte. Ich stellte mir vor, wie ich damals in der Schule die betreffenden Seiten aufschlug und der Klasse und dem Pfarrer vorlas: es funktionierte!

Ich sah die Seite, wie abphotographiert vor mir.

*

Und Adam war 130 Jahre alt, als er einen Sohn zeugte, ihm selbst gleich, nach seinem Bild, und er nannte ihn Seth. Und die Lebenszeit Adams, nachdem er Seth gezeugt hatte, betrug 800 Jahre, und er zeugte Söhne und Töchter. Und die ganze Lebenszeit Adams betrug 930 Jahre, dann starb er. (Weswegen man sie die „Eisernen" nannte) Ja, genau, die eisernen Urväter.

Und Seth lebte 105 Jahre, da zeugte er Enosch; und Seth lebte, nachdem er Enosch gezeugt hatte, (noch) 807 Jahre und zeugte Söhne und Töchter; und die ganze Lebenszeit Seths betrug 912 Jahre, und er starb...

*

So, oder so ähnlich geht die Schrift noch eine ganze Weile in der „Genesis" - einem Teil der Bibel weiter. Und nun ja, die damaligen „Chefs" fanden das wohl nicht so doll. Weshalb diese „Urväter", ein ganzes Schiff (oder mehrere) – es mussten mal Hunderte von ihnen gegeben haben... Kollegen von Nu und Si... Sie wurden dann verbannt! Wie Nu eben erzählt hatte, weil... Nun, weil sie Sex mit den Menschenfrauen hatten. Und nun waren nur noch zwei von ihnen übrig. Und die flogen mich nun zum Titan – den neunundneunzigsten Mond im Sonnensystem. Der größte Mond des Saturn. Es war noch ein weiter Weg. Und ich wusste nichts. Weder, wie schnell ihr Schiff war – folglich auch nicht, wie lange wir unterwegs sein würden. Kurz: wie es genau weiterging. Aber wie auch immer, ich vertraute den Zweien blind. Sie kamen mir irgendwie bekannt vor. Wie Onkel Fritz und sein Bruder Karl.
Immer noch nicht hundert Prozent sicher, ob ich nicht doch noch im Tiefschlaf war, schüttelte ich den Kopf. So, als ob mich diese Bewegung gleich wecken würde und ich dann wieder in meinem Schiff wäre. Dies geschah jedoch nicht. Nein, ich musste mir

bewusst werden, dass ich mich in der Realität befand. Es war kein Traum. Ich lebte und ich würde meine Mission erfolgreich beenden. Das wusste ich in dem Moment. Und Myra ging es gut. Dies wusste ich genauso gut. Sie würde auf mich warten und stolz auf mich sein, wenn ich das Zepter den „wahren Chefs" übergeben würde. Dies sah ich klar vor Augen. Nur das Gesicht des neuen Königs der Welt... dies wurde nicht so recht deutlich vor meinem inneren Auge. Nur das Zepter sah ich und Myras sanftes Gesicht. Beides hatte sich verändert. Myra hatte die Haare in meiner Vorstellung (oder Vision) kürzer, und es war dunkel gefärbt. Das Zepter, man hatte mir damals in der Schule, Fotos gezeigt in der Maria ein goldenes Zepter in der Linken und ein Baby in der Rechten hatte! Jesus...

Quelle: freies Foto, Maria mit Jesus

Dies war das Zepter eines Königs. Das Zepter, welches ich nun vor Augen hatte, sah doch um einiges anders aus. Die Spitze war schwarz und gebogen, der Griff war in meiner Vision in der Tat aus Gold. Ganz so, wie die Bildhauer die die Büste schufen. Das Zepter eines Königs eben. Der Unterschied zu dem, was ich vor mir sah, war, dass das Zepter viel länger war. „Mein" Zepter hatte eher die Größe eines Hirtenstockes. Das Endstück, etwa vierzig Zentimeter, schien ein grüner Rosenstock zu sein, der große Dornen aufwieß. Nun, es würde sich zeigen, ob meine Vision was wert war oder wie eine Seifenblase zerplatzen würde.

Ich stand auf. Ich musste mich der Realität stellen. Nachdem ich Myra vor meinen inneren Augen sah, ging es mir bereits viel besser. Und durch die Gedanken, die mir mehr Klarheit verschafft hatten, wurde mir auch bewusst, dass ich was zu tun hatte. Es war immer noch meine Aufgabe das Zepter zur Erde zu bringen. Es würde ein Zeichen des Friedens sein. Das wusste ich auch in meinem Innersten. Und somit konnte ich nicht tatenlos dasitzen und grübeln. Es lag an mir, weiterzumachen! Wie? Das wussten nur die Sterne... oder die Götter... oder die Zwei da vorne im Kommandostand. Nu und Si – meine neuen Kumpels. Wie sollte ich sie sonst nennen? Sie hatten mir geholfen, halfen weiterhin. Sie hatten mich gerettet und verpflegt – ja, sie waren Kumpels. Ob wir auch Freunde werden konnten? Wer wusste das zu dem Zeitpunkt? Auf jeden Fall waren wir unterwegs zum Saturn. Zum Mond Titan – zu Mond 99.

Es ging weiter.
Das wollte ich mir ansehen.
Ich machte mich auf den Weg.
Zu Nu und Si.
Meinen neuen Kumpels.

Kapitel 10
Titan/die Höhle

In der Brücke angekommen traute ich meinen Augen nicht. Der Raum wo Nu und Si das Raumschiff lenkten, war ebenso gigantisch groß, wie der Raum zuvor. Die Kantine. Sogar noch etwas größer, jedenfalls erschien es so, da vorne ein unglaublich großes Fenster war. Wie eine Kinoleinwand gab das Fenster den Blick auf die Sterne frei. Nu und Si begrüßten meine Anwesenheit mit einem leichten Kopfnicken. In der Ecke gab es eine Sitzecke. Sie wiesen mir wortlos den Platz zu. Ich gehorchte und setzte mich und betrachtete gespannt die Dinge die folgen würden. Tun konnte ich sonst nichts. Dennoch war ich mittendrin. Mir wurde klar, dass ich mich im größten Abenteuer befand, das je von Menschenhand gestartet wurde. Nun, Nu und Si würden es weiterführen. Mit mir zusammen. Doch, ich fühlte mich gut. Dass der Weg nicht ohne Holpern gelingen würde, war klar. Dass der Weg, sagen wir: unkonventionell weitergeführt werden würde – ungeplant... (mit Aliens) kam mehr als überraschend. Aber, es ging weiter. Schneller als gedacht sogar! Wenn ich die Geschehnisse richtig deutete, bewegten wir uns mit nahezu Lichtgeschwindigkeit! Ich erkannte dies, da die Sterne sich zu langen, quasi unendlich langen, weißen Strichen verformten.

Ich konnte mir die Frage nicht verkneifen: „Wie lange würdet ihr reisen, bis ihr an eurem Planeten wäret?"

„Neun Jahre", kam die prompte Antwort von Si, der wohl der Wortführer war.

„Und wie lange brauchen wir bis zum Titan?"

Seine Antwort konnte ich kaum fassen: „Wir verlangsamen bereits den Flug. In wenigen Minuten werden wir dort ankommen!"

Das war schnell, weshalb meine nächste Frage auf den Fuß folgte:

„Und wie lange waren wir dann unterwegs, vom Start an gesehen?"
 „Etwa eine dreiviertel Stunde", war die unglaubliche Antwort.
Millionen von Kilometern in der kurzen Zeit, war mein Gedanke, als
ich ein Geräusch vernahm, das dem Geräusch glich, wenn ein
Fahrstuhl sich in Bewegung setzt. Ich folgerte, dass die Motoren
noch mehr gedrosselt wurden. So war es auch. Die Sterne wurden
wieder zu leuchtenden Punkten. Wie man sie kennt. Ich erkannte
Saturn. Majestätisch wurde er im Fenster größer und größer. Seine
blassgelbe Farbe verfärbte sich bei der Annäherung immer mehr.
Schmale Wolkenbänder wurden erkennbar. Die Wolken waren weiß,
orange, beige und braun, und sogar feine blaue Streifen waren
dazwischen. Klare Luft scheinbar, wie auf der Erde der blaue
Himmel. Darunter erkannte man weitere Wolkenschichten. Und
Blitze! Gewitter! Das war ja bekannt. Doch dass ich es je mit
eigenen Augen sehen konnte, daran hätte ich im Leben nicht gedacht.
Wieder kam ich mir vor wie eine Figur in einem Märchen. Nur, dass
dieses keines war. Alles war echt. Sicht- und fühlbar. Geruch... alle
Sinne wurden bedient. Und das faszinierendste war das Sehen. Diese
Farben, diese schiere Größe des Planeten. Die Ringe, bestehend aus
Abermillionen von Bruchstücken. Eisstücke aber auch
Gesteinsbrocken. Leuchtend, durch die Sonne angestrahlt. Ein
Anblick wie man ihn kaum schildern kann. Gift und hoher Druck.
Leben gab es da nicht. „Schade", dachte ich - „es wäre unfassbar
schön, hier zu leben. Schöner als auf der Erde. Wirklich schade."
 Doch da fiel mir ein, dass mich hier niemand erwarten würde.
Menschen die man liebte, Wesen, die Einem was bedeuteten, die gab
es nun mal nur auf dem Heimatplaneten. Weshalb ich auch verstand,
das Si und Nu nach Hause wollten. In dem Moment hoffte ich, dass
sie es schaffen würden. Eine Heimat gab es immer nur einmal. Und
meine war die Erde. Es würde sicherlich viele, noch schönere
Planeten geben im Universum. Aber eine Heimat ersetzte nichts, weil
Liebe ein Band spannte. Wie bei Myra und mir. Solange wir uns
nicht an die entlegensten Welten beamen konnten, würde dies auch
noch lange Zeit so bleiben.
 Das Schiff schwenkte nach links. Titan kam ins Sichtfeld.

Wahnsinn! Ich war überwältigt. Titan war ebenso fantastisch wie der Mars. Der große Unterschied – Mars hatte nur eine dünne Atmosphäre, man konnte, auch aus gewisser Entfernung, mit bloßem Auge Details, wie Berge und Krater auf seiner Oberfläche entdecken. Hier war das anders. Die rötliche Farbe des Mondes Titan war ähnlich wie die des Planeten Mars. Jedoch war hier die Bewölkung so dicht, dass man nicht einmal erahnen konnte, wie der Boden aussah. Man sah, dass orangefarbene Wolkenbänder den Mond umkreisten. Diese Wolken waren etwas heller als die anderen Wolken und waren in Bewegung. Das bedeutete, dass es Wind geben musste, und dass die etwas helleren Wolken aus einem anderen Material bestanden als die umgebende „Luft".

Ich fragte mich, wie es weitergehen würde. Und, als ob meine zwei Wegbegleiter meine Gedanken gelesen hätten (ich wusste nicht, ob das vielleicht wirklich der Fall war), jedenfalls hörte man urplötzlich ein sich wiederholendes Klacken. Klack, klack, klack... ich stellte mir vor, dass irgendwelche Klammern gelöst wurden. Mit meiner Vermutung hatte ich Recht. Dies erkannte ich zum Einen, dass wir sanken – gleichzeitig drehten wir uns auch langsam zur Seite. Ich sah durch die riesigen Fenster das Mutterschiff – wir hatten uns ausgeklinkt! Die Kommandostation des Raumschiffes war also gleichzeitig die Landekapsel! Das war raffiniert. Ohne Umsteigen zu müssen näherten wir uns nun dem Mond, auf dem wir dann landen würden. Respekt! Das haben die Zwei extrem gut hinbekommen. Sie würden mir noch viele Gefallen tun, dessen war ich mir nun sicher. Das war nicht Deren Plan, aber, alleine durch ihre Technik, wäre bewerkstelligt, dass ich um ein vielfaches schneller wieder bei Myra ankäme. Und, dass die Mission überhaupt gelingen würde. Dass ich nun weniger als der große Held wieder nach Hause käme, sondern eher den Beiden „Aliens" alles zu verdanken hatte, war zweitrangig. Sie würden mir auch so zujubeln. Und nun eben den Beiden auch noch... das war vollkommen in Ordnung. Sie hatten ja dann auch ihren Teil geliefert! Sie würden; von meiner Seite aus, dann getrost ihren Ruhestand auf ihrem Planeten genießen dürfen (ich wusste ja nicht, wie die Behörden auf der Erde darüber denken würden. Die würden den Beiden sicher Steine in den Weg legen, dessen war ich mir sicher.) Aber meine Gedanken musste ich ihnen nicht auf die Nase binden. Dies würde sich zeigen wenn wir wieder zurück wären. Auf Mutter Erde. Ich nahm mir in dem Augenblick vor, alles was in meiner Macht stehen würde, zu tun, dass die Beiden wieder zu ihren Lieben konnten... falls es die, nach der Zeit noch gab... in jedem Fall würde ich ein gutes Wort für sie einlegen.

Es wurde spannend. Vom Antrieb des Schiffes hatte ich bis dahin nichts vernommen. Kein Rauschen, kein Brummen. Nun jedoch, vernahm ich ein wohlklingendes Summen. Ich schloss daraus, dass - wie bei einem Flugzeug auf der Erde, die Motoren einen Gegenschub erzeugten. Das Summen verwandelte sich in ein tiefes Brummen. Ich kombinierte daraus, dass wir uns verlangsamten. Die Wolkendecke schien dünner zu werden. Wie ein Nebel, der sich auflöst, wurde der Boden unter uns klarer. Man konnte weit sehen. Uns erschloss sich ein Bild, wie man es von der Erde her kennt. Berge und Täler, Flüsse und Seen konnte man erkennen. Je tiefer wir sanken, je mehr Details wurden sichtbar. Felsen und Steine. Eine Wüste, Steinwüste, um genau zu sein. Und ohne zu wissen warum, kam mir wieder Jesus in den Sinn. Auch er musste zu seiner Zeit durch eine Gegend, ähnlich dieser Hier, gewandelt sein. Doch ich schob den Gedanken wieder fort. ER hatte doch nichts hiermit zu tun – oder? Jedenfalls sinnierte ich darüber, weshalb ich Gedanken über Jesus; nun schon das zweite Mal, hatte... was suchte ER in meinen Gehirnwindungen? Das ganze Dilemma hatte ich eher den Satanisten zu verdanken.

Meine Gedanken wurden durch die Geschehnisse gestoppt. Ich wäre eh zu keinem Ergebnis gekommen. Jedenfalls flogen wir, scheinbar sehr dicht, über den Boden. Vielleicht flogen wir eine Höhe von fünfzig oder hundert Metern. Eine kurze Überlegung machte mir das Manöver klar. Wir überflogen das Gebiet um einen Höhleneingang oder ein sonstiges Zeichen zu finden, was auf das Zepter hinweisen könnte.

Um auf Nummer Sicher zu gehen fragte ich dennoch: „Was machen wir gerade?"

„Wir scannen die Umgebung!", war die Antwort von Si... Nu schien nicht viel zu reden.

„Gold, wir suchen unter der Erde nach Gold" - vollendete Nu den Satz und bewies mir somit, dass ich mich mit dem letzten Gedanken geirrt hatte – er sprach doch, nur nicht ganz so oft wie sein Kollege.

So flogen wir eine ganze Zeitlang dahin. Ich war in der Tat verblüfft, wie ähnlich der Mond der Erde war. Ein unglaublicher unterschied war, dass der See unter uns, nicht aus Wasser bestand, sondern aus flüssigem Methan. Eigentlich ein Gas, welches durch die große Kälte flüssig wird. Wieder kam mir eine Frage auf, was die neuen „Kumpels" betraf – oder besser ihr Fluggerät, in dem wir uns befanden. Ein Streichholzfeuer hätte ausgereicht, um den halben Mond in Flammen zu setzen. Methan ist ja leicht entzündlich. Doch kaum hatte ich den Gedanken zu Ende gedacht, wurde mir mein Denkfehler bewusst. Es gab ja quasi kaum Sauerstoff auf dem Mond. Ohne Sauerstoff kein Feuer. Blieb die Frage des Antriebs. Doch, der Punkt war im Moment weniger wichtig. Die Mission war wichtiger.

Ein rotes Blinklicht vor Nu´s Armatur zeigte an, dass da was war. Wir schwenkten nach rechts, wurden noch langsamer und flogen wieder etwas zurück auf einen Berg zu. Wir verringerten die Höhe noch mehr. Da war was. Aus dieser Entfernung nur ein schwarzes Loch. Je näher wir kamen, verwandelte sich dieses Loch in den Eingang einer Höhle. Eindeutig.

Das Blinken wurde schneller. Die kleine Lampe zeigte an, dass wir angekommen waren. Vor uns war nur eine flache Ebene ohne größere Gesteinsbrocken. Wir landeten.

Mir fiel ein, dass mein Außenanzug mit meinem Schiff verloren ging. Aber meine neuen Kollegen hatten sicherlich auch für dieses Problem eine Lösung. Oder?

Die Maschine setzte sanft auf.
Ich konnte es noch nicht fassen, aber ich war auf Titan.
Dem neunundneunzigsten Mond im Sonnensystem.
Vor mir die Höhle in dem ein Zepter lag...

Ich konnte es kaum erwarten dieses Ding, auf das die ganze Welt wartete, in meinen Händen zu halten! Heute noch würde ich als Erster und wohl auch zukünftig einziger Mensch einen Boden betreten, der 1,5 Milliarden Kilometer von der Erde weg ist. Ich fühlte mich... groß und besonders. Ich musste wohl ein Mona-Lisa-Lächeln aufgesetzt haben.

Meine Mundwinkel zogen sich jedoch sehr schnell nach unten als Nu meine Gedanken, mit den Worten unterbrach: „Mein Freund, du kannst leider nicht mit. Wir haben keinen passenden Anzug für dich vorrätig. Si wird sich in die Höhle begeben und dir den Gegenstand bringen. Danach bringen wir dich zur Erde. Wir bitten dich hiermit nur um eines: Bitte lege für uns auf der Erde ein gutes Wort ein. Unser sehnlichster Wunsch ist es, in unserer Heimaterde beerdigt zu werden. Für die Heimreise werden wir einige Jahre brauchen. Da wir beide spüren, dass unsere Lebensenergie zur Neige geht, wären wir dankbar, wenn wir direkt weiterfliegen können, sowie wir dich abgesetzt haben. Wäre dies möglich?"

Unendliche Traurigkeit umgab mich. Zum Einen, da ich keinen Fuß auf den Mond setzen würde. Ja, darauf hatte ich mich doch bereits sehr gefreut... doch die schlimmere Geschichte – das dümmere Los hatten wohl die Beiden gezogen. Dennoch schüttelte ich eifrig bejahend den Kopf. Ich versicherte ihnen, dass dies doch wohl selbstverständlich sei.

„Natürlich werde ich das tun, glaubt mir, dass ich alles nur Erdenkliche versuche, dass ihr nach Hause kommt." Mir ging es bei diesen Worten schlecht. Nicht, dass ich gelogen hätte, nein, ich würde wirklich alles versuchen – doch, ich kannte meine Mitmenschen. Die hatten bestimmt tausend Fragen, und würden sie gern untersuchen. Sicherheitskräfte und Ärzte und Reporter würden da sein... und Politiker. Das waren die Schlimmsten. Die Entscheider! Die galt es zu überzeugen. Von Denen hing dann alles ab.

„Okay, machen wir es so", war meine Antwort. Die Hoffnung stirbt ja bekanntlich zuletzt, führte ich meine Gedanken fort. Dann sinnierte ich weiter, was mich wieder traurig machte. Man stelle sich vor. Die Zwei waren mal ein Team von Vielen. Alle außer Ihnen waren bereits gestorben. Außer auf ihrem Heimatplaneten hatten sie keine Nachkommen. Niemand sonst ihrer Art in der Nähe. Geduldig nahmen sie ihre „Strafe" an. Die Menschen zu überwachen und auf diesen Moment zu warten – auf mich. Sie halfen und taten somit mehr als ihre Pflicht. Sie waren gutmütig und hilfsbereit. Sie waren zu Freunden geworden. Wesen die, trotz allem, die Menschen gern hatten und sicherlich nichts Böses im Sinn hatten. Es wäre unsagbar schlimm für mich, ihnen ihren letzten und einzigen Wunsch nicht erfüllen zu können. Wir werden sehen was kommt. Ich würde mir was überlegen, nahm ich mir vor.

Derweil hatte sich Si bereits auf den Weg gemacht. Obwohl ich in meine Gedanken vertieft war, hatte ich bemerkt, dass er sich davongemacht hat. Ich hatte mich winkend und nickend von ihm verabschiedet. Ich war hin und hergerissen. Traurigkeit und Glück vermischte sich zu einem bisher unbekanntem Gefühl.

Kurz darauf kam ein weiteres unschönes Gefühl hinzu. Ungeduld. Das Warten zermürbte. Fragen kamen auf. Hatte Si das Teil gefunden? Hatte er sich verletzt... funktionierte sein Anzug? - da draußen sind minus 170° C... die Luft nicht Atembar. Wie lange war er bereits weg? Eine Stunde? Wie lange würde er noch brauchen? Lebte er noch oder war er in eine Erdspalte gestürzt? Mein Herz schien mit jeder Minute schneller zu schlagen. Wie fühlte sich Nu? Erging es ihm wie mir, hatte er auch Angst um seinen Jahrhunderte alten Kumpel? Wir beobachteten den Eingang der Höhle und die blinkenden Lichter und Anzeigen.

Nu versicherte mir, dass Si noch unterwegs war. Ein Signal, das sein Anzug sendete, bewegte sich. Mal nach Osten, mal nach Norden, zuletzt nach Süden. Also von uns weg. Er schien immer tiefer nach unten zu laufen. Sicherlich war es sehr anstrengend für ihn. Davon abgesehen, dass er ja nicht mehr der Jüngste war, war da ja noch der schwere Außenanzug und das unwegsame Gelände in der Höhle. Nur das Licht seiner Helmlampe zeigte ihm den Weg. Als Hilfsmittel diente ihm nur ein Seil, für den Fall, dass er sich irgendwo abseilen musste.

Unterdessen bei Si

Er spürte, dass wie bei einer Batterie, die nur noch etwa vierzig
Prozent ihrer Leistung aufzeigte, seine Kraft merklich nachließ. Er
war drum und dran den Rückweg aufzunehmen. Er setzte sich auf
einen Stein um mal etwas zu Atem zu kommen. Ein Blick auf eine
Art Armbanduhr, zeigte ihm, dass sein Luftvorrat noch etwa
sechsundfünfzig Prozent aufwies. Halbzeit, dachte er... der Sauerstoff
ist so weit wie ich, dachte er weiter. Er schaute sich um. Orientierte
sich. Doch halt – was war das? Schräg vor ihm war ein leichter
Schimmer erkennbar. Ein nur schwaches Leuchten in einer Nische.
Das wollte er sich ansehen. Je näher er kam, je sicherer war er sich,
dass er gefunden hatte, wonach er suchte. Das Gold des Zepters warf
das Licht seiner Lampe zurück. Als ob das Ding auf ihn gewartet
hätte – 2000 Jahre! Wer hatte ihn das letzte Mal in der Hand? Egal,
als er näher kam, sah es aus, als ob Würmer oder kleine Schlangen
mit langen Zähnen, dass Zepter beschützen würden. Es konnte nur
Einbildung sein. Lebewesen konnten hier nicht leben. Beherzt griff
er zu. Si hielt das Zepter in Händen. Es war schon ein seltsames
Gefühl – selbst für ihn.

Egal – Si war überglücklich das Zepter seinem vorläufigen Besitzer
geben zu können.

Frank würde sich freuen und das freute ihn. Der Ausstieg aus der
Höhle erschien ihm nicht mehr so schwer. Natürlich machte er sich
was vor, doch die Freude, seinen Freund nicht vertrösten zu müssen,
beflügelte seine Schritte. Vorne wurde es heller. Noch wenige
hundert Meter. Dann wäre er wieder draußen. Aufatmen war
angesagt. Mit letzter Kraft hielt er das Zepter nach oben, nachdem er
aus der Höhle kam. Si fühlte die Blicke von mir und Nu auf sich. Er
lächelte unter seinem Helm, wohl wissend, dass wir sein Lächeln
nicht sehen konnten. Die letzten etwa hundert Meter zum Fahrstuhl
des Schiffes, kamen Si vor, als hätte heimlich jemand Gewichte an
jeden Schuh gebunden. Noch im Fahrstuhl stellte er das Zepter in die
Ecke und nahm den Helm ab und ließ ihn einfach fallen. Es war ihm

egal ob der Helm kaputt gehen würde – er würde ihn in seinem
Leben nicht mehr brauchen. Am liebsten hätte er den Anzug
hinterhergeworfen. Doch der Fahrstuhl hielt bereits an.
Wir ließen ihn aussteigen

Nu trat ihm entgegen und stützte ihn. Und ich? Ich hatte einen Grund
mehr, dass er mir leid tat. In der Tat war ich nicht der große Held für
den mich auf der Erde alle halten würden. Und diese Beiden waren
zu bescheiden um irgendwelchen Ruhm abzuschöpfen. Ihnen ging es
nur darum, in ihre Heimat zu kommen. In dem Moment ging es mir
nicht besonders gut. Und dennoch war ich irgendwie glücklich und
erleichtert. Das war der halbe Weg! Und alles wegen eines Stückchen
Gold. Was das Zepter auch für einen Wert haben musste... vielen
Sammlern mochte es Millionen Dollar oder Euro wert sein. Doch der
Wert der Menschen, die bereits deswegen sterben mussten – das
konnte das Zepter niemals aufwiegen. Und ich sah mehr. Die Planer
und die Erbauer meines Schiffes... was Myra mitmachte... unsere
Eltern... die Strapazen, die ich auf mich nahm. Und die Strapazen die
Si auf sich nahm. Das sah sonst niemand. Und alles wegen ein paar
Extremisten. So etwas geschah in der Geschichte der Menschheit
nicht zum ersten Mal. Man denke nur an die Weltkriege.Und da kam
in mir die Frage auf, ob die Menschheit nie klug wird? Die
Diktatoren... und andere mächtige Männer und Frauen, die Andere,
unschuldige Menschen ins Unglück stürzten. Meist wegen des
Profits und noch mehr Macht. Ja, selbst nach über 2000 Jahren, da
war der Einzelne vielleicht schlauer als noch zwei, drei Generationen
zuvor. Aber die Menschheit scheiterte stets, weil sich die Menschheit
gegen die Mächtigen nicht wehren konnte. Nie! Ein Dilemma! Die
Menschheit musste stärker werden, das wurde mir in dem Moment
klar. Doch das lag in der Zukunft, und ich würde daran nichts ändern
können. Was hätte ich tun können?
Im Moment konnte ich nur Si umarmen.
Er fiel auf die Knie. Kraftlos.
Ich klopfte ihn auf die Schulter.
Er verstand wortlos meine Geste.

Kapitel 11
Der Rückweg

Zunächst - und wohl auch in Zukunft, würde ich als Einzelner kaum an den Geschehnissen der Menschheit was ändern können. Niemand würde das können. Ein mächtiger Mann, wie beispielsweise der amerikanische Präsident, so jemand hatte natürlich einen gewissen Einfluss. Aber interessierte gerade Den die negativen Ungerechtigkeiten der Welt? Eher nicht. Nein, auch im Jahr 2035 und darüber hinaus, wurde mir in dem Moment klar, würde Geld die Welt regieren. Gefühle und so etwas wie Liebe, sind „Dinge" die in der Berufswelt eines Politikers nichts zu suchen haben. Selbst der Gerechtigkeit – schon eher Aufgabe eines Politikers, würde Er oder Sie nicht für jeden zufriedenstellend bewerkstelligen können. Ich löste die Umarmung von Si. Ich half ihm auf. Wohl wissend, und daher etwas traurig, dass ich keine Chance hatte, je etwas zu ändern, schob ich diese Gedanken beiseite.

Nu kümmerte sich erst einmal um seinen Freund. Ich folgte ihnen in den Speisesaal. Nu sorgte sich rührend um seinen alten Kumpel. Er zog ihm den Stuhl zurecht und gab ihm dann erst ein großes Glas Wasser. Dann brachte er ihm eine Art Sandwich. Ein belegtes Fladenbrot. Er blickte zu mir. Ich verspürte in der Tat Hunger. Nach meiner Zeitrechnung musste es Abendessenszeit sein. Ich nickte also Nu zu. Er verstand und verschwand wieder. Kurz darauf brachte er auch mir einen Teller mit einem Brot. Er selbst hatte auch einen Teller vor sich gestellt. Nu kümmerte sich nun noch darum uns Beiden was zu trinken zu bringen. Derweil schaute mich Si stolz und überglücklich an. Er hielt das Zepter wieder in der Linken. Mit einem leichten, kaum merklichen Kopfnicken hielt er es nun umständlich über den Tisch, da ich auf der anderen Seite saß. Ich sprang auf und nahm ihm die Last ab. Tatsächlich wog das Ding circa zwei bis drei Kilo. Schwer, jedenfalls wenn man das Zepter über eine längere Strecke – bergauf, bergab schleppen musste – und achthundert Jahre alt ist. Wäre er ein Mensch, so dachte ich, wären dies sicherlich auch über hundert Jahre. Also, Respekt für die Leistung. Si durfte mit Recht stolz auf sich sein. Ich war es auch, und zeigte es ihm, indem ich ihm sagte, dass die ganze Welt erfahren würde, dass er der Retter des Zepters sei.

Bescheiden wie er war, sagte er, das er dies nicht wünsche: „Mir ist wichtig, dass Nu und ich nach Hause kommen. Wir sind uns Beide einig, dass dies das letzte Ziel in unser beider Leben sein soll. Mehr soll in unserem Leben keine Rolle mehr spielen. Uns ist an keinem Ruhm gelegen. Wir bringen dich nun auf die Erde und reisen dann unverzüglich ab.“

Diese Worte kamen ja nun des öfteren zur Sprache. Ich verstand, dass nur noch Eines in Frage kam. Mir erging es ja nicht anders. Nach Hause – in die Arme vom Myra. Dies war auch mein größter Wunsch. Und Nu und Si hatten ja einen weitaus weiteren Weg als ich vor mir. Sie waren als Nachkommen der „Urväter“ unschuldig, und „verbüßten“ dennoch ihre „Schuld“ - und hielten (als unschuldige Kinder ihrer Vorfahren) unglaubliche 2000 Jahre aus – fern von der Heimat. Sie waren die Nachkommen von – ja, wie soll man sagen? Ihre Eltern waren geile Vögel, die Sex mit den Frauen auf der Erde hatten. Sie selbst hatten nichts mit alledem zu tun. (Die deutschen Nachkommen des zweiten Weltkrieges standen auch in gewisser Weise in einer „Schuld“. Obwohl auch da niemand etwas dafür konnte... dies fiel mir in der Sekunde ein). Wie groß musste wohl ihr Wunsch sein, endlich nach Hause zu kommen? Unendlich groß, gab ich mir selbst die Antwort. Sie hatten ihren Planeten ja nie gesehen! Sie kannten nur dieses Raumschiff, waren hier auf die Welt gekommen... ich konnte mir das kaum vorstellen! Wie gütig mussten sie sein, um eine Pflicht zu erfüllen. Eine „Strafe“ auszuführen, für die sie nichts konnten. Wie viele Freunde hatten sie beerdigen müssen? Also ich... ich war mir bei mir selbst nicht so sicher. Ich hätte wohl möglich eine Zeitlang gewartet, und hätte dann den Heimweg angetreten. Sie haben alles auf sich genommen. Mehr noch: Sie haben auf alles verzichtet. Ihre Kindheit. Hier in diesen kahlen Räumen, sah sicher alles anders aus. Auf ihrem Planeten hätten sie im Garten spielen können (falls sie denn so etwas wie einen Garten hatten) jedenfalls wäre alles anders gewesen wie hier. Dann fiel mir Myra ein. Sie hatten nie eine Frau gehabt. Wussten vielleicht nicht einmal, wie ihr Planet genau aussieht. Sicher hatten sie so etwas wie Fotos von ihren Eltern gezeigt bekommen. Aber, was bedeutete ein Foto, wenn man nicht weiß, wie es dort riecht... wenn man nicht weiß, wie die Landschaft dort aussieht. Nicht weiß, wie die Luft ist... warm oder kalt? Ich verstand ihre Sehnsucht. Es war die Sehnsucht die auch in mir wohnte. Die Erde, Myra, meine Mama. Und ich hatte immerhin den Vorteil der Erinnerung. Ich wusste, wie alles riecht und sich anfühlt. Die weiche, zarte Haut von Myra, ihr Geruch. Der Geruch von feuchter Erde nach einem Platzregen im Sommer stieg mir in die Nase! Erinnerungen meiner Kindheit schossen durch meine Hirnwindungen.

Jedoch! - ich musste den Blick
nach vorne richten und fragte daher:

„Wie lange werden wir brauchen?" - fragte ich die Zwei, und betrachtete das Zepter. Ich stellte mir die Frage: wer hat das Ding als Letzter in der Hand gehabt? Wer hat es hergestellt – und – wie kam das Zepter auf den Mond Titan? Das war wohl die größte Frage – und, darüber hinaus: warum hat sich einer die Mühe gemacht, das Zepter so weit von der Erde weg, so sicher verschwinden zu lassen?

Diese Frage stellte ich Nu und Si: „Habt ihr eine Ahnung, wer das Zepter hierher gebracht hat?"
Zu meiner Verwunderung schüttelte Nu bejahend den Kopf.
„Wer das Zepter weitergegeben hat wissen wir nicht. Aber tatsächlich war es Aufgabe eines unserer Väter das Zepter auf den Mond zu bringen. Genauere Details können wir dir nicht sagen.

Anschließend, und dies wissen wir genau, war es ihre Aufgabe Wache zu halten. Den Rest kennst du. Wir sind die Nachkommen und nahmen die Aufgabe weiter wahr, bis du erschienen bist. Und jetzt" - bei diesen Worten lächelte Nu - „geht es wieder an die vorgesehene Stelle mit dem Zepter. Habe nur ein paar Tage Geduld."
 „Die werde ich haben" - versicherte ich. Und dies meinte ich mehr als ernst. War mir doch bewusst, dass die Zeit, die ich für den Weg zurück brauchen würde, um mehr als die Hälfte verkürzt wäre. Im Geiste sah ich bereits Myra vor mir. Wie sie mich küssen würde. Und wie ich das Zepter übergeben würde. Und das bereits in ein paar Tagen!
Und wieder kam mir die Frage in den Sinn, ob ich vielleicht nicht doch noch in meinem Wasserbett lag und schlief. Doch ich wusste es längst: alles war echt und so real, wie der Schmerz, den ich eben noch im Herzen gespürt hatte, als ich Si umarmt hatte.

Also – auf nach Hause!

 Wir schoben jeder den letzten Bissen in den Mund, dann begaben wir uns gemeinsam in den Kommandostand. Nu setze sich vor die Steuerung und programmierte den Rückweg. Fasziniert schaute ich vor mich auf die große Scheibe und verfolgte, dass wir uns drehten. Das Mutterschiff kam langsam, nachdem der Nebel (oder besser: die Wolken) sich lichtete, wir also wieder im All waren, in Sichtweite. Nu steuerte die Landekapsel so, dass wir nach wenigen Minuten wieder andockten. Ein vernehmbares Klack, klack... verkündete, dass Mutterschiff und Lander wieder eine Einheit waren. Nu zündete die Motoren. Dieses beruhigende Summen erklang wieder. Das Schiff schwenkte um und nahm langsam an Geschwindigkeit zu. Als wir den Kurs berechnet hatten, verließen wir langsam das Saturn-System. Vorsichtig verließen wir die Gegend. Dort kann es sein, dass ein paar Eisbrocken vom Saturnring aus der Bahn gekommen sind und lose umherfliegen. Gierig schaute ich mich um und sog alles in mich auf. Alles hier und jetzt Erlebte, würde bis an mein Lebensende in meinem Gehirn gespeichert bleiben – und ja, es war einfach fantastisch! Im Hintergrund der pechschwarze Himmel. Die Sterne – so viele, wie sie niemals von der Erde aus zu sehen waren, leuchteten wie LED-Lampen, hell und weiß. Langsam bewegten wir uns nach vorne und drehten uns noch immer. Saturn kam in die Sicht und verschwand wieder aus dem Blickfeld. Dann erschien ein besonders heller, etwas orangefarbener Stern in unsere Blickrichtung. Diesen Stern kannte ich. Es war die Sonne, unser Stern – der, der uns Menschen auf der Erde warm hielt. Dahin ging es nun. Nu gab Gas... oder wie man es nennen sollte. Langsam schneller werdend näherten wir uns unserem Heimatstern. Bis wir die Erde sehen, würde es noch dauern. Aber, dass wir auf dem Heimweg waren, ließ mein Herz höher schlagen. Ein kaum zu umschreibendes Gefühl umgab mich. Liebe, Sehnsucht... Heimat... Verlangen... nach Leben. Das Leben, wie auch immer, würde weitergehen. Wer die Welt regieren würde? Würde sich etwas ändern? Wohl kaum. Gerechtigkeit war für mich immer ein unerfüllbarer Traum und würde es wohl auch bleiben. Aber, ich wollte nicht vorentscheiden, von was ich keine Ahnung hatte. Die Zukunft würde, wie immer, zeigen, was kommt und wie es weitergeht.

Nun ging es also erst einmal zur Erde. Ich betrachtete das Zepter, wegen dessen so viele Menschen gestorben waren.
Ich stellte es in die Ecke.

„Wir müssen auf der Erde bescheid sagen, dass wir kommen... sonst schießen die uns ab. Die wissen ja nichts von euch!"
Nu nickte nur und bestätigte: „Ja, das werden wir tun. Wir haben noch etwas Zeit. Überlege dir, was wir denen sagen können."

Das tat ich, aber zunächst musste ich gähnen. Ich war sehr müde, doch an Schlaf war nicht zu denken. Zu aufregend war das alles, was ich sah. Die Sterne verformten sich wieder zu langen Strichen. Wir mussten nahe der Lichtgeschwindigkeit sein. Ich lehnte mich zurück und genoss die „Show". Ein weiteres, unglaubliches Erlebnis war die Reise in diesem Schiff. Für Nu und Si Alltag, aber für mich – es kam mir nur ein Wort in den Sinn – wahnsinnige Technik! Keine Ahnung, wie sie funktionierte. War das wichtig? Schon, aber es gab Wichtigeres...

Ich sah Myra vor mir.
Vorfreude...

Plötzlich kamen mir Worte meiner Oma Irene in den Sinn. Die Mutter meiner Mutter war sehr gläubig. Katholisch. Durch sie lernte ich das Eine oder Andere aus der Bibel – ob ich wollte oder nicht. Für sie war es tägliches Thema. Die Religion. Für uns... in unserer Familie, drehte sich die Welt eher um die weltlichen Dinge des Lebens. Vielleicht lag das daran, dass Papa evangelisch war, was Oma gar nicht so recht passte (aber sie hatte ihn dennoch schätzen und lieben gelernt). Jedenfalls erinnerte ich mich – warum auch immer, an Omas Worte. Wir waren damals bei ihr zu Besuch und das Thema kam (mal wieder) zur Sprache. Und ich stellte, als kleiner Knirps, der ich damals war, die Frage: „Ich weiß nicht, ob ich an all das glauben soll. Ich weiß nicht, ob es Gott, Jesus oder den Teufel wirklich gibt" - sagte ich (und dies mit etwa zehn Jahren!).
„Weißt du" - sagte Oma Irene in ruhigem Ton - „ich bin nicht diejenige, die dir sagen will, an was du glauben sollst, und an was nicht. Aber eines weiß ich. Wenn du nicht glaubst – dir dessen nicht sicher bist, dann kannst du dir in nichts sicher sein. Kannst nicht wissen, was Liebe ist... und wenn du das nicht weißt, weißt du gar nichts... also ich glaube, dass es Alle gibt. Auch den Teufel – denn, wo das Gute ist, ist auch das Böse. Und wir Menschen sind da, um von denen gelenkt zu werden. Entweder es zieht uns mehr zum Guten oder manche von uns auch zum Bösen. Aber die Wahl hat jeder. Ich jedenfalls glaube an das Gute...

Jetzt wusste ich, warum ich das alles auf mich nahm...

Kapitel 12
Wieder daheim

Die Reise würde bald enden. Viel früher als gedacht. Ich war zufrieden. Ich war jedoch todmüde. Auch Si sah sehr, sehr müde aus. Nu erkannte, dass wir Beide kaum noch die Augen offen halten konnten. Er verdonnerte uns mit den Worten: „Legt euch etwas hin. Ich habe hier alles im Griff." Mit einem kleinen Lächeln fügte er hinzu: „Wenn ihr aufwacht, werde ich euch frisches Wasser und Brot reichen. Ich selbst werde auch etwas essen. Keine Sorge, mir geht es gut. Ich komme zurecht."

Dankbar nahmen wir Beide sein Angebot an. Wir legten uns jeder auf seine Pritsche – und, was soll ich sagen; ich war beinahe unverzüglich eingeschlafen, kaum dass ich lag. Ich glaube Si erging es kaum anders. Nu war ja die ganze Zeit auf dem Schiff gewesen. Sicherlich war auch er müde – hatte er doch alles überwacht. Aber, er war wohl fit genug ohne Schlaf, das Raumschiff zur Erde zu steuern.

Ich schlief, wie mir meine Armbanduhr verriet, etwa sieben Stunden. Als ich blinzelnd erwachte und mich aus meiner Pritsche räkelte, ging das Licht an. Erst gedimmt, dann wurde das Licht immer heller, bis es eine angenehme Norm angenommen hatte. Sie mussten ein System installiert haben, dass das Licht auf jeden persönlich einstellte. Keine Ahnung wie sie das anstellten.

Ich gähnte und streckte mich, bis ich halbwegs wach war. Ich hatte Durst und erinnerte mich, dass Nu versprach Wasser für uns bereitzustellen. Daher begab ich mich auf den Weg zu ihm.

Als ich den Raum betrat musste ich schmunzeln. Auch Nu lag, zwischen all den blinkenden Kontrolllämpchen und Hebeln, mit dem Kopf auf dem Bedienpult. Scheinbar war er müder, als er vor Stunden zugeben hatte.

Aber – es schien etwas nicht zu stimmen... als ich näher kam, kam es mir vor, als ob er nicht atmete! Mir schlug vor Aufregung das Herz höher.

„Bitte nicht... bitte nicht" - dachte ich für mich. Gott – oder Jesus, oder Maria... egal wer mich von euch nun hören mag und die Macht hat: Lass es nicht zu! Lass nicht den Mann, der für Nichts etwas konnte und immer seine Schuld – seinen Dienst getan hatte... tot sein! Es durfte nicht sein, dass er nun – ich wollte das Wort nicht aussprechen.

Doch, Gott sei dank, er drehte sich zu mir um.

„Bin ich doch etwas eingeschlafen, verzeihe. Ich bringe dir gleich eine Erfrischung!"

Ein Stein fiel mir vom Herzen. Ich wünschte mir in diesem denkwürdigen Moment kaum etwas mehr, als dass die zwei es schaffen würden, nach Hause zu kommen. Wenn es auch bedeutete, dass sie dort ihr Zeitliches segnen würden. Doch genau dies war ja ihr nachvollziehbarer Wunsch. Sie wollten dort quasi in Rente gehen. Noch die letzten schönen Tage erleben, bevor sie für immer die Augen schließen würden. Wer würde ihnen in so einem Augenblick nicht gönnen, dass sie das schaffen? Ich sah sie förmlich vor mir. Wieder spulte ein Film (oder eine Fantasie?) sich vor meinem inneren Auge, oder Vorstellung... ab. Ich sah sie nebeneinander stehen. Sie blickten auf einen riesigen See. Wohl wissend, das keiner ihrer Vorfahren mehr am Leben war. Dennoch waren in einiger Entfernung Kameraden neben ihnen, die sie scheinbar voller Stolz bewunderten und vielleicht auch darauf achteten, dass ihnen nichts geschah; beziehungsweise, dass sie schnell bei ihnen sein konnten und helfen konnten, falls was wäre. Ich wusste nicht, ob ich nur wilde Fantasien hatte oder sie tatsächlich in der Zukunft sah. Egal... der Film lief weiter. Im Hintergrund blaue Berge. Ein wunderbares Licht durchflutete die Szene, wie man es sonst nur von der Toscana her kannte. Dadurch schimmerten die Farben der Landschaft wie in einem zarten Nebel und erschienen dennoch so kräftig. Unbekannte Bäume und Sträucher umrahmten die dortige Gegend. Man hätte es sehr wohl als ein romantisches Fleckchen „Erde" bezeichnen können. Ein wenig erinnerte es mich an den Park, in dem Myra und ich uns in letzter Zeit viel aufgehalten hatten. Obwohl dort keine Berge im Hintergrund waren, nur Hügel. Die aber schimmerten aus der Entfernung in ähnlicher Farbe. Ein Bild also, wie auf einer Postkarte der Erde. Nur dass auf dem fremden Planeten alles viel größer war. Der See, die Bäume – ja, sogar die Blüten. Sie hatten durchaus die Farben und Formen unserer Blumen, nur, dass eine Blüte etwa die Größe eines Fußballs hatte. Plötzlich hatte ich sogar einen intensiven Blütengeruch in der Nase.

Also eines erschien mir klar:
meine Emotionen waren stark wie nie.
Meine Gefühle und Gedanken grenzten
bereits an hellseherische Fähigkeiten.
Nie zuvor empfand ich so...
beinahe mystisch...
Myra – ich sah sie genauso...
wie sie mich

Ich erwachte wieder aus meinem Tagtraum. Ein Blick durch die große Scheibe zeigte nichts Neues. Die Sterne waren noch nicht zu erkennen. Geschweige denn ein Sternbild oder gar die Erde. Es würde noch etwas dauern, versicherte mir Nu, der erneut meine Gedanken gelesen zu haben schien. Mir war nun aber klar geworden, dass dem nicht so war. Sie konnten natürlich keine Gedanken lesen. Es erschien mir nun eher so, dass sie ja Jahrhunderte Zeit hatten, die Menschen zu beobachten. Sie kannten die Menschen. Wohl besser als ihr eigenes Volk. Mit denen hatten sie ja vergleichsweise nur wenig erlebt. Ich musste zugeben, dass dieses Volk mich schwer beeindruckte. Ich fand es nun sehr schade, dass die Menschen nie Kontakt mit ihnen aufnehmen konnten. Die Menschheit hätte viel von ihnen lernen können. Die Religionsbücher hätten teilweise sogar umgeschrieben werden müssen... obwohl, in groben Zügen stimmte ja alles (soweit ich mich erinnerte).
Dennoch musste ich fragen: „Wieso habt ihr nie Kontakt mit den

Menschen aufgenommen? Vielleicht hättet ihr viel erklären können... ihr hättet sagen können, wer ihr seid und was ihr macht. Nach einiger Zeit hättet ihr nach Hause fliegen können!"

„Die Antwort sollte dir bewusst sein... unsere Aufgabe war, zu warten, bis du oder einer Deinesgleichen erscheint, um ihm dann zu helfen. Hätten wir..."

„Ich verstehe" - unterbrach ich Nu - „Ihr hättet nicht tun können, was zu eurer Bestimmung gehört... ihr seid unglaublich. Kein Mensch hätte so lange ausgehalten. Die meisten wären einfach verschwunden!"

„Da hast du recht. Die meisten hätten dies gemacht. Du nicht... nun hast du die Antwort, warum du ausgesucht wurdest. Die Entscheider wussten um dein Wissen und Können – und vertrauten deiner Beharrlichkeit... deinem Gewissen. Ihnen war klar, dass du einer der wenigen Verbliebenen warst, der die Sache bis zum Ende durchziehen würde. Sie wussten auch, dass die Liebe, die du zu der Deinen hegst, ein starker Motor ist, der dich wieder zu ihr führen würde. Dann, wenn alles erledigt ist und du das Zepter in Händen halten würdest. Nun, Deren Einschätzung war richtig!"

„Na ja, ohne Euch wäre es mir nicht gelungen, jedenfalls nicht so schnell!"

„Das spielt keine Rolle. Die Mission wird erfüllt werden. Das ist das Einzige was zählt. Was ihr Menschen später daraus macht, ist eine andere Sache".

„Ihr wusstet um meine Freundin... Myra? Was wisst ihr noch?"

„Wir wissen sehr viel von euch Menschen. Wir wissen auch, dass es quasi zu keinem Zeitpunkt auf der Erde Frieden gab. Ihr seid ein kriegerisches Volk. Wenn die Erde nicht so schön wäre... und die Menschen nicht die Liebe verbinden würde, dann müsste man euch eigentlich auslöschen, um einer neuen Spezies eine Chance zu geben. Einer Spezies, die diesen wunderbaren Planeten verdient hat. Doch das liegt nicht in unserem Sinne. Wie euer Gott, Jahwe, bereits sagte: „Gehet, und macht euch die Erde untertan".

Er war es leid die Menschen immer wieder zu maßregeln. Nach Sodom und Gomorrha und der großen Flut, verstand er, dass die

Menschen einen großen, unbändigen Willen hatten. Einzelne konnte man lenken. Die Menschheit nicht. Irgendwann waren es einfach zu viele, selbst für ihn. Was blieb ihm zu tun? Noch eine Flut? Nein, es gab kaum Möglichkeiten, so viele Menschen zu steuern. Dafür seid ihr zu intelligent, zu erfinderisch. Sein Sohn Jesus hat sich ja dann geopfert. Dies war der letzte Versuch die Menschen zum Guten zu bekehren. Wie du weißt, hat sein Opfer nichts genutzt".

Nachdenklich stierte ich eine Zeitlang
vor mich hin.
Es war wohl genauso, wie Nu es sagte.
Traurigkeit umgab mich...
dachte wieder an Omas Worte

Einige Stunden später geschah dann etwas. Wir hatten gerade zu Mittag gegessen und hatten uns danach wieder in die Kommandokapsel begeben. Die Sterne rechts und links vom Schiff waren, wie bisher, blau-weiße und hellgelbe Streifen. Die hohe Geschwindigkeit hat die Sterne so verzerrt, dass sie eben nicht mehr als glitzernde Diamanten am tiefschwarzen Himmel erschienen, sondern wie langgezogene Kometen. Nur noch schöner. Jedenfalls war nun in etwa der Mitte des Sichtfeldes ein Stern immer größer und heller geworden. Die Sonne! Mir wurde bewusst, dass die Reise nun wirklich bald ein Ende nahm. Ich stand zwischen Si und Nu, und betrachtete sie still in aller Ruhe – blickte zwischen Beiden hin und her. Was hatten die Beiden nicht alles für mich getan, für die Menschheit! Aber, sie schienen sich erholt zu haben. Schienen die Strapazen der letzten Tage gut weggesteckt zu haben.
„Wie geht es euch Beiden?" - fragte ich dennoch in die Runde, um auf Nummer sicher zu gehen, wartete aber eine Antwort nicht ab. Redete stattdessen weiter:
„Ihr habt mehr als nur eure Pflicht getan. Ihr habt wahrlich Großes geleistet. Ich kann mich nur im Namen aller Menschen für Alles, was Ihr getan habt, von ganzen Herzen bedanken! Um ehrlich zu sein, weiß ich nicht, wie die Leute, wenn wir später auf der Erde landen,

reagieren werden. Schließlich seid ihr für Die da unten Fremde. Kann sein, dass sie sehr misstrauisch sind... dass manche auch Waffen haben und sie auf euch richten! Dafür möchte ich mich jetzt schon bei euch entschuldigen. Die Menschen sind so... feindselig – nicht so gütig wie ihr".

„Uns geht es gut, danke... du musst nicht besorgt sein"
Und nach kurzer Pause fügte Si hinzu: „Wenn du dir nur überlegst, was wir denen gleich – noch bevor wir landen, sagen könnten, wäre ich dir sehr verbunden!"
„Du meinst, wir sollten, noch bevor wir auf deren Radarsystemen erscheinen, mit denen reden... uns ankündigen?"
„Ja, so etwas in der Art".
„Nun", sagte ich - „am besten ist es immer, sich erst einmal mit einem freundlichen Hallo zu melden. Am besten wird sein, ich übernehme das ganze Gerede".
„Na gut... rede, wenn du bereit bist. Wir sind in dem Bereich der Erde, in dem wir Kontakt mit ihnen aufnehmen können".
„Ja, eh... habt ihr denn einen bestimmten Menschen am anderen Ende? Einen Ansprechpartner, wie die Kollegen der Bodenstadion?"
„Wir haben da zum Beispiel die Frequenz eines gewissen Lars. Er hat als letztes mit dir geredet".
„Lars... ja, super Idee. Mit ihm bin ich befreundet. Er wird viel verstehen und alles glaubhaft an die Behörden weitergeben oder uns direkt an sie weiterleiten!"
„Okay! - rede...“

„Jetzt?"
„Ja, jetzt" - sagte Nu mit einem leichten Schmunzeln - „wenn du bereit bist. Wir landen in etwa einer Stunde!"
„Ja... okay... Hey Lars, alter Schwede!" - ich kam mir etwas dumm vor. So... vor sich hin zureden, erschien mir mehr als seltsam. Ich war es eben gewohnt jemanden vor mir zu haben, wenn ich redete. Beziehungsweise, ich redete in ein Mikrofon, wohl wissend, dass am anderen Ende des Äthers einer saß, der hören und antworten würde.

„Hallo?" - kam die fragende Antwort aus einem mir unsichtbaren Lautsprecher. Aber die Stimme erklang klar und laut. Es war so, als ob Lars vor mir sitzen würde. Ich sah ihn vor mir – so, wie ich ihn in Erinnerung hatte, als ich ihn das letzte Mal sah. Das helle Pult aus Kunststoff. Vor sich ein Mikrofon, wie man es von einem Radiosender her kannte. Seitlich neben dem Mikrofon zwei Bildschirme kleinerer Bauart. Einer zeigte das Bild, welches sich auch mir gezeigt hätte, würde ich aus dem kleinen Fenster schauen, was in meinem Schiff vorne angebracht war. Dieser Bildschirm zeigte jetzt nur Sterne. Das Bild von der Position, wo ich mich als letztes befand. Eigentlich war der Bildschirm fast schwarz... der zweite Bildschirm zeigte nur Zahlen und Daten an. Wohl Zeiten und Frequenzen und Bestimmungsorte... wo ich hätte sein sollen. Mein kleines, vertrautes, schönes kleines Schiff. Ich hatte mich dort wohlgefühlt. Das Schiff stand für mich für die positiven Dinge, die der Mensch imstande war zu bauen... zu tun und regeln. Menschen waren nicht nur schlecht. Wie Oma sagte. Man hatte es in der Hand... man hatte eine Bestimmung. Ich meine Si und Nu die Ihre.

„So ist das, Oma" - murmelte ich vor mich hin.

„Was meinst du? Frank? Wer ist da?" - meldete sich Lars.
„Ja, genau, Lars – alter Kumpel... ich bin es tatsächlich! Und, eh... ich bin nicht alleine!" - und dabei schaute ich wieder zwischen Nu und Si hin und her.
„Ich... ich kann es nicht glauben! Das gibt es doch nicht... unmöglich! Wir hatten gesehen, dass dein Schiff" - doch er beendete den Satz vor Aufregung nicht. „Was heißt, du bist nicht alleine? Wir hatten ehrlich gesagt abgeschrieben... dass du lebst! Super! Aber erzähle. Ich kann es nicht fassen, dass du lebst!"
Man konnte an seiner Stimme die Aufregung, aber auch die Freude heraushören. Ich selbst war total ruhig. Nein, ehrlicherweise muss ich zugeben, dass ich auch etwas aufgeregt war. Dies war ja nur der erste Kontakt vor meiner verfrühten Rückkehr. Dies war Lars, mein Kumpel. Die Aufregung würde später noch kommen. Nach der

Landung. Aber im Moment? Ich hatte schon eine gewisse Selbstsicherheit. Stand zwischen den beiden eigentlichen Helden, dass Zepter in Griffnähe. Ich fühlte mich stark.

„Also, sag schon! Wer ist bei dir... ich muss das ja alles den Anderen erklären!"

„Wer ist bei mir?" - wiederholte ich die Frage: ich grübelte, wie ich es Lars erklären sollte.

„Augenblick Lars, lasse mich kurz überlegen!" - sagte ich daher.

„Was gibt's denn da..." - wollte er einwerfen, doch er unterbrach sich selbst, dachte sicher, dass ich wohl meine Gründe hatte. Nicht drauflos plappern wollte, wie ein Kind. Er konnte sich sicher vorstellen, dass es nicht einfach war, zu erklären, dass man auf Außerirdische traf und die gleich zum Kaffee trinken mitbringen würde.

Mein Gedanke war eher... ich konnte ja nicht die gesamte Story erzählen, von den Urvätern und Jesus. Selbst er, einer meiner Freunde, hätte mich ja schon für verrückt gehalten. Die Behörden hätten mir demnach, unten am Boden, erst einmal eine Zwangsjacke angezogen – Si und Nu hätten sie erschossen und im Wald begraben.

Das alles konnte man alles später erklären, wenn sie Fragen stellen würden. Sie hätten sicherlich viele Fragen, dessen war ich mir sicher.

Also sagte ich: „Bei mir hier sind Si und Nu. Sie kommen, wie du dir denken kannst, nicht von der Erde. Sie haben mir geholfen. Mein kleines Schiff ist" - nun log ich - „an einem Gesteinsbrocken zerschellt. Die Beiden haben mich aufgesammelt. Ich habe ihnen alles erklärt. Dann sind wir zum Mond 99 und haben das Zepter von dort geholt und sind in etwa" - ich schaute zu Nu, und dieser vervollständigte meinen Satz: „Wir sind in etwa einer halben Stunde in Washington.

„Also, Lars – du hast es gehört. Informiere jeden, der es wissen muss. Bitte auch Myra. Ich kann es nicht erwarten, sie in den Arm zu nehmen und zu küssen".

„Das verstehe ich, siehe es als erledigt an! Ich werde sie noch vor den Behörden informieren. Sie wird sich freuen. Die Satanisten lassen wir erst einmal Außen vor".

„Gute Idee... soll ich die Hauptpunkte wiederholen?" - doch auch ich unterbrach meine gesprochenen Gedanken.

„Nein, ich habe alles verstanden. Du kommst mit zwei Freunden in einer halben Stunde in Washington an und habt das Zepter dabei! So gehe ich es weiter – okay?"

„Ja, korrekt. Sie sollen nicht so viel Fragen. Die Zwei wollen schnell wieder weiter. Sie haben noch was vor und wenig Zeit! Okay?"

„Ja, okay – so werde ich es weitererzählen".

Er hatte aufgelegt.

Nu hatte, wie ich spürte, die Fahrt weiter verlangsamt.

„Ich will denen da unten Zeit lassen alles zu regeln. Wenn wir Antwort haben, sind wir in etwa zwanzig Minuten bei deiner Myra".

„Das klinkt gut!"

Die Antwort ließ nicht lange auf sich warten. Nur wenige Minuten, nachdem Lars das Gespräch beendet hatte, meldete sich eine fremde Stimme.

„Hier spricht General Wilson. In Absprache mit dem Präsidenten, darf ich ihnen mitteilen, dass sie landen dürfen! Wo genau wollen sie dies tun? Wir empfehlen das Footballstadium. Das erscheint uns groß genug."

Nu schüttelte den Kopf - „zu klein - da ist ein großes freies Feld, vor der Stadt. Da werden wir landen."

Man konnte förmlich hören, wie der General nachdachte. Da Washington ja größtenteils von Wald umgeben ist, fiel ihm nur das Maisfeld ein, dass sich nördlich von Washington befand, und sagte daher: „Ihr meint das Maisfeld?"

Ich schaute überfragt in Nu´s Richtung und hob die Schultern. Von den Zweien wusste auch keiner, ob dies nun ein Maisfeld war. Sie sahen nur eine große, ebene freie Fläche.

„Zeig mir ein Bild" - befahl ich Nu.

Und auf der großen Scheibe, die bis eben noch die wunderschöne, blaue Erdkugel zeigte, erschien nun die Stadt. Als ich das Bild sah erinnerte ich mich wieder. Beim Durchfahren der Stadt, kamen wir von Norden – von New York. Von da aus, war auf der linken Seite ein Fluss, ähnlich groß wie unser Rhein in Deutschland. Dann sah man die Felder eines Bauers im Hintergrund. Alles eben. Dann kam man in einen Wald. Danach erst in die Stadt.

Ich sah das graugelbe riesige Feld: „Ja" - sagte ich daraufhin - „es ist das Maisfeld vor der Stadt... nördlich, etwas abseits vom Fluss."

„Okay" - war die kurze Antwort des Generals.

Doch eine Frage hatte er noch: „Ihr seid doch nicht bewaffnet?"

Nu antwortete: „Dieses Schiff hatte nie Waffen an Bord... und wird es auch nie haben. Unsere Mission war eine Andere. Ihr werdet das Zepter bald in Händen halten. Danach würden wir gerne in Frieden davonziehen."

„Von mir aus gerne. Aber da sind noch Andere. Ich will nicht versprechen, was ich nicht halten kann. Aber ich werde euren Wunsch weitergeben. Für mich gilt eure Aufgabe als erledigt. Ich werde euch dann nicht festhalten."

„Das ist gut. Wir sind in genau fünfzehn Minuten da!"

„Bis gleich!" - Wilson hatte aufgelegt und mit Handzeichen seinen Leuten im Hintergrund angezeigt, dass es losgeht. Er selbst setzte sich dann auch in Bewegung. Sein Fahrer folgte ihm auf dem Fuß.

Ich überlegte. Die Uhr, die ich anhatte und rückwärts zählte, nützte mir nichts. Eigentlich könnte ich sie ausziehen und in den Gully werfen. Ich würde sie aus sentimentalen Gründen behalten. In die Schublade legen. Von Zeit zu Zeit herausnehmen und sie später mal meinen Enkeln zeigen... wenn Satan bis dahin die Erde nicht in eine Hölle verwandelt hat.

„An was denkst du?" - unterbrach mich Si in meinen Gedanken.

Ich schaute ihn an und antwortete: „Ich überlege, was wir für ein Datum haben. Ob es da unten warm oder kalt ist... welche Zeit jetzt herrscht. Es müsste September sein, also noch relativ warm."

Nach einem Knopfdruck in seinem Lenkpaneel antwortete er: „Nach eurer Zeitrechnung – also lokale Erdzeit ist es nun" - er nickte kaum merklich - „September, der siebzehnte, 14:17 Uhr,

Nachmittags. Die Temperatur am Landepunkt beträgt 21° Celsius oder knapp 70° Fahrenheit."

„Das ist gut, warm genug" - denn mir war eingefallen, dass ich nur (den Letzten) dieser Papieranzüge anhatte. Und diese seltsamen Windeln. Das durfte nie einer meiner Bekannten erfahren.

Der riesengroße Bildschirm verriet nun, dass es nur leicht bewölkt war. Zwar große Kumuluswolken, doch vom Boden aus würde der Himmel blau weiß aussehen. Wahrscheinlich würde, der Jahreszeit entsprechend ein leichter Wind wehen. Wir würden es sehen. Das Wetter war wohl weniger wichtig. Heute würde noch viel bedeutenderes Geschehen. Der Teufel kam zu Besuch... dennoch war ich froh, dass es nicht regnete.

Man sah nun ganz deutlich, dass die „Bodenmannschaft" bereits versammelt war, oder noch dabei war, dies zu tun. Das Maisfeld war auf einem großen Stück Erde bereits geerntet. Weiter hinten wogten noch die hohen Maiskolben unversehrt im Wind. Dort sah man große Mähdrescher, die sich wohl den nächsten Abschnitt für heute vornahmen. Der bereits gemähte Platz erschien mir groß genug. Ein Stück von den Mähern entfernt, hatten sich die Kameraden des Militärs in einer Linie aufgestellt. Sie bildeten einen leichten Bogen und markierten so den Landeplatz.

Lars hatte Wort gehalten, er hatte Myra als erstes informiert. Sie stand unten, vor den Soldaten in erster Linie. Um sie herum teils unbekannte. Politiker, Reporter, und wer sonst noch. Sie wusste nicht, wer alles um sie stand. War auch egal. Frank – ihr Held würde sie gleich in dem Arm halten. Sie wünschte sich, er solle das so fest tun, wie er nur konnte. Ihr Herzrhythmus hielt sich in hören Regionen auf. Sie schaute hinauf, auf den bewölkten Himmel. Die Wolken schienen sich zu vermehren, dicker zu werden. Es würde gegen Abend noch regnen. Jetzt wurde ein dunkler Fleck am Himmel sichtbar. Der Fleck wurde schnell größer und änderte scheinbar seine Farbe. Der „dunkle Fleck" nahm immer mehr die Farbe des Himmels an. Je näher das Schiff kam, je mehr verstand Myra den Grund für die Verwandlung. Das Schiff hatte eine Kristallstruktur und spiegelte die Umwelt wider. Selbst von Nahem betrachtet, konnte man weder ein Fenster noch eine Tür erkennen. Majestätisch kam das Schiff immer tiefer, drehte sich seitlich und landete dann sanft, begleitet von einem leichten Brummton. Als das Schiff auf dem Boden war, wurde es mucksmäuschenstill. Keiner wagte zu reden. Selbst hartgesottene Soldaten schauten gespannt – teils mit offenen Mündern.

Quelle: freies Foto

Plötzlich ein zischen. Ein heller Teil des Schiffes, welcher die Form eines Hauses hatte, bewegte sich nach unten. Eine Rampe entstand dadurch. Und als die Tür komplett unten war, die Rampe also auf dem Boden angelangt war... kam ihr Frank heraus.

Myra hielt es nicht mehr. Sie rannte auf mich zu. Einer der Soldaten hielt sie jedoch fest. Sie kam ins Straucheln, weil dieser Kerl sie unsanft an der Schulter festgehalten hatte. Sie konnte sich wieder fangen und schaute zum General, der nicht weit weg von ihr stand. Er nickte ihr freundlich zu. Myra bedankte sich mit einem Kopfnicken und lief, nun etwas langsamer, auf mich zu.

Sie sah, dass ich das Zepter hoch über dem Kopf hielt und lächelte mich an. Ich hatte die Szene mit dem rüpelhaften Kerl gesehen, und hätte dem Typen nur allzu gern das Zepter über seinen rasierten Schädel gezogen. Dann sah ich zurück, Nu und Si folgten mir in etwa zwei Meter Abstand. Sie konnten beide richtig lächeln! Ihr

Anblick – und der Myras, die überglücklich aussah, besänftigten mich wieder. Myra war nun bei mir. Sie drückte mich. Lachte und weinte zugleich. Die Tränen liefen in Strömen über beide Wangen. Ihr Haar flog vom Laufen nach hinten und jetzt nach vorn, da sie abrupt stehen geblieben war, um mich zu umarmen und zu küssen. Auch ich hatte Tränen in den Augen, versuchte aber mich zusammenzureißen, was mir auch gelang. Ich behielt die Nerven und drückte sie fest an mich.

„Fester" - rief sie - „drücke mich fester! Ich habe dich so vermisst!" - sagte sie weinend und schaute mir dennoch lächelnd ins Gesicht.

„Ich habe dich auch vermisst, kannst dir nicht vorstellen, wie. Doch ich habe oft von dir geträumt und an dich gedacht!"

Und dies war nicht gelogen.

„Ich weiß... ich habe dich sogar vor mir gesehen und im Geiste mit dir geredet!"

„Ich weiß – ich habe dich gefühlt! Du warst so weit weg und doch so nah! Es war unglaublich. Gerade in den letzten Tagen warst du so präsent!"

„Ja, ich habe es auch gespürt!"

Wilson, der General kam zu uns.

„Ich möchte nur ungern stören... aber, dürfte ich um das Zepter bitten. Es wird erwartet." Die Soldaten jubelten im Hintergrund.

Nu und Si waren nun auch dicht bei uns. Einige Soldaten schienen nervös zu werden. Sie hoben ihr Gewehr. Wilson hatte seine Arme hinter dem Rücken verschränkt. Er winkte nur mit dem Zeigefinger der rechten Hand, und die Gewehre wurden in den Boden gerammt. Er hatte Macht. Das ließ ihn noch männlicher wirken, als er sowieso war. Er war etwa 1, 90 Meter groß und kräftig. Ein Athlet mit sehr breiten Schultern. Ich schätzte ihn auf circa fünfzig Jahre. Sein markantes Gesicht erinnerte an einen alten amerikanischen Schauspieler, dessen Name mir nicht einfiel. Jedenfalls erinnerten seine tiefen Falten, die er um den Mund hatte, sehr an diesen... Marlon? - ich wusste es nicht mehr. Was ihn auch von dem unterschied, war sein grauer Schnurrbart und seine graue Bürstenfrisur, die unter seiner Mütze hervorschaute.

Kapitel 13
Die Übergabe
Teil 6

Wilson nahm das Zepter in Empfang. Es war über einen Meter lang, oben aus Ebenholz, also schwarz. Nur das Mittelstück schien aus Gold zu sein. Unterhalb davon war es ein Rosenstock. Dornenversetzt. Große Dornen.

Aber selbst Wilson wusste nicht wie es weiterging. Nachdem er sich bedankt hatte, drehte er sich um und lief in Richtung seiner Kameraden.

Die Hoffnung bestand ja darin, dass einer der Satanisten sich melden würde. Dass sie das Zepter nie übergeben würden, sondern stattdessen den oder die anwesenden Terroristen verhaften würden.

Kritiker dieses Planes waren ja dagegen. Sie rieten, das Zepter zu übergeben. Man könne es ihm oder ihnen ja später wieder wegnehmen. Doch erst einmal, so deren Meinung, galt es, den Schein zu wahren. Ihr Argument: wenn man es nicht so tue, dann würde das Morden, der Terror, weltweit weitergehen. Nun, das war nicht von der Hand zu weisen. Die Möglichkeit bestand ja. Aber die Verantwortlichen meinten, dass sie damit schon fertig werden würden. Dies hatte Lars uns später alles erzählt. Als ob sie damit fertig geworden wären. Ich erinnerte mich dann, dass sie nie eine echte Spur hatten. Sie immer ins Leere liefen – also wie wollten sie die Sache in den Griff bekommen?

Doch die Frage stellte sich erst einmal nicht. Sie hatten sich zwar gemeldet – so wie immer, per Mail (die wieder nicht zurückverfolgt werden konnte!). Doch in dieser Mail kam nur die Anweisung, dass nur eine Videokammer aufgestellt werden solle. Alles sollte, wie ein TV-Schauspiel, live übertragen werden. Man nannte eine Frequenz. Das Videosignal sollte so über eine Satellitenschüssel in eine

bestimmte Richtung gesandt werden. Meine Vermutung war, als Lars
mir das erzählte, dass an dem Ort, wo der Empfänger des Signals
saß, wieder niemand zu finden war. Dass vielmehr dort nur wieder
ein Laptop aufzufinden war, der alles verschlüsselt weiterleitete.
„Natürlich" - war es so, hatte Lars mir dann versichert.

Nun, Dummheit konnte man ihnen nicht vorwerfen. Im Gegenteil.
Sie hatten weltweit alle Behörden an der langen Nase herumgeführt.
Und dies, mit eigentlich simplen Tricks. Immer die gleiche Masche.
Aber wirkungsvoll.

Aber zu dem Zeitpunkt stand das alles nicht zur Debatte. Man hatte,
wie gewünscht, die Kamera aufgestellt und das Signal zum richtigen
Ort gesandt. Darin sahen die Politiker kein Problem. Eine kleine
Camping-Satellitenschüssel genügte hierfür. Sie erwarteten ja kein
hochauflösendes TV-Programm.

Was ich nicht verstand, war: wieso war ein Satanist nicht so „geil"
darauf – alles in „Echt" zu sehen? Wieso hat er sich diese „Show"
nehmen lassen? Er konnte per Video, den Teufel nicht selbst – nicht
mit eigenen Augen zu sehen bekommen. Dies müsste doch für so
jemanden, das Größte sein. Das würde er sich doch nicht entgehen
lassen! - oder? Wer weiß, ging es mir durch den Kopf. Vielleicht ist
es Wilson oder einer seiner Soldaten. Alles war möglich, nichts
unmöglich...
Eine nicht zu lösende Frage

So geschah eine ganze Zeitlang nichts. Die anwesenden Reporter,
Politiker und Soldaten schauten sich gegenseitig dumm an. Nach
einer Weile berieten sich Wilson und ein paar Krawattenträger. Die
Soldaten liefen umher, vertraten sich die Beine.

Auch wir standen ratlos herum.

„Nu, Si – habt ihr eine Ahnung, warum nichts passiert?"

Doch die Zwei zuckten nur die Schultern.

„Meinst du, wir können verschwinden?"

„Keine Ahnung. Von mir aus gerne! Ich werde zum General gehen
und ihn fragen".

Doch ich kam nicht dazu

Ein grollen am Himmel. Innerhalb weniger Sekunden verdunkelten sich die Wolken und verdickten sich. So, wie es aussieht, wenn ein Gewitter sich zusammenbraut. Nur, dass dies innerhalb kürzester Zeit geschah. Wind kam auf und Myra zog sich das zu dünne T-Shirt den Hals hoch. Aber dadurch war ihr Bauch frei. Sie zog das Shirt wieder zurück – sie fröstelte sichtlich. Die Temperatur war auch stark gefallen. Geschätzt waren es noch etwa zehn Grad Celsius. Gänsehaut bildete sich auf ihren Armen.

Das Grollen wurde lauter – und ein äußerst greller Blitz schlug mit einem ohrenbetäubenden Knall vor unserer Nase ein. Kaum hundert Meter von uns weg. Man konnte die Elektrizität riechen.

Dort, wo vor einer Sekunde der Blitz eingeschlagen war, stand nun eine männliche Kreatur. Es war derselbe, mit dem Jesus vor über 2000 Jahren bereits das Vergnügen hatte. Der Teufel – oder Satan, wie viele lieber sagten.

„So" - sagte er mit einer rauen, metallischen Stimme - „da ja außer mir weit und breit niemand zu sehen ist, dem das Zepter zustehen möge, bitte ich nun darum, mir das gute Stück auszuhändigen."

Stille
Sekundenlang bedrückende Stille

Wenn einer der Menschen bis hierher noch gedacht hatte, er hätte einen Plan – so erschien dies jetzt eher lächerlich. Ratlose Gesichter. Unwissend, wie es nun weitergehen soll. Das Zepter einfach übergeben? Nicht, wenn es nach Wilson ging. Er hielt das Zepter fest umklammert. Er wusste aber auch nicht, was er tun sollte.

„Na – wird's bald? - ich habe keine Lust darauf, dir das Zepter aus deinen... kalten, toten Händen zu entreißen. Es ist besser, du gibst es mir jetzt!"

Plötzlich geschah etwas mehr als außergewöhnliches! Vor allem hatte niemand damit gerechnet. Nur etwa einen Meter von Wilson entfernt schien ein blauer Nebel aus dem Boden zu entweichen. Jeder, der jemals in einem Rockkonzert war, kannte das Spiel. Aus einem unsichtbaren Ventil entwich immer mehr von diesem seltsamen Nebel.

Selbst der Teufel sah dem Schauspiel gebannt zu – auch er wusste nicht, was gleich geschehen würde.

Der Nebel, der nun, außer Blau, auch andere Farben – wie Rosa und Weiß annahm, verformte sich... nahm immer mehr Gestalt an. Langsam konnte man im Nebel ein Gesicht erkennen. Die Kreatur zu der das Gesicht gehörte, war sehr groß. Eher noch größer wie Si und Nu... und wohl sehr kräftig. Denn die Schultern wuchsen – aus grauem Nebel, in die Breite... eine Kutte, ähnlich derer wie sie Nu und Si trugen, formte sich vor den Augen der Anwesenden.

Der Teufel wurde unruhig. Ihm gefiel nicht, was er da sah. Große Schwierigkeiten sah er nicht, er sah jedoch zumindest eine Verzögerung. Und das hasste er. Wut kroch von seinem Magen her hoch.

„Was immer das da auch wird" - schrie er in die Runde - „es wird nichts daran ändern, dass ich heute noch Besitzer des Zepters sein werde. Das Einzige, was das hier bringt, ist Wut in meinem Bauch" - und mit verneinendem Kopfschütteln fügte er hinzu: „Und glaubt mir – Ihr wollt alle nicht, dass ich wütend werde!"

Dann schrie er, so laut, dass sich alle die Ohren zuhalten mussten: „ICH WERDE EUER KÖNIG SEIN! - UND GLAUBT MIR, IHR WERDET ES BÜßEN, DAS IHR MIR DAS ZEPTER NICHT FREIWILLIG GABT!"

Dann sah er, wie alle Anderen um ihn herum, dass der Nebel sich immer mehr verfestigte. Ein breiter, blauer Gürtel aus Stoff zierte seinen Kaftan, der weiß war. Außerdem gehörte noch ein blauer Schal zu dem Gewand, an deren Rückseite eine Kapuze angebracht war. Der Nebel hatte sich nun vollständig aufgelöst, beziehungsweise, sich so verhärtet, dass man nun deutlich erkennen konnte, um was es sich handelte – es war ein Engel!

„Jibril (Gabriel)" - alter Freund – „was tust du denn hier?" - war die Frage, die Satan an das Wesen stellte.

„Hat dein Gott keine neue Idee – fällst ihm immer nur Du ein?" Und mit einem Lächeln fügte er hinzu: „Du bist immer für die Drecksarbeit zuständig, was?"

Gabriel antwortete nicht. Mit einer einzigen Geste, entriss er Wilson das Zepter, ohne sich auch nur zu ihm umzudrehen. Der Ruck war so stark, dass Wilson ins Stolpern geriet, er machte ein paar „Ausfallschritte" nach vorne – fing sich so wieder. Aber seine Finger schmerzten. Hätte er nicht fragen können – dachte er. Idiot, der...

„Ich werde" - sagte Gabriel mit sanfter Stimme, die dennoch fast ebenso laut war, wie die des Teufels - „das Zepter seinem rechtmäßigen Besitzer übergeben!"

„Das Zepter gehört eigentlich mir" - gab das Tier zu bedenken - „ich wollte IHN damit locken. Ich hätte es ihm gegeben, wenn er den Mut gehabt hätte, es zu nehmen. Dies tat er nicht, also geht das Zepter wieder zu mir!"

„Jesus hatte keinen Grund es zu nehmen... schon Damals galt er als der wahre Führer der Menschheit. Er brauchte es nicht zu beweisen. Auch ohne äußeres Zeichen, wie eine Krone, war er längst anerkannter König. Die Menschen ehrten und liebten ihn – und tun dies bis heute! Wenigstens die gläubigen Christen, wissen sein Opfer zu schätzen. Sie wissen, dass er alle Schmerzen auf sich nahm. Für die Menschen starb er am Kreuz..."

„Verschone mich, mit den alten Geschichten, dies will doch heute keiner mehr hören!
Nein, meine Zeit ist gekommen! Die Menschen haben ihn doch längst vergessen!" - schrie er.
Die Wut ließ seine Augen gelb leuchten!
„Und nun übergebe mir das Zepter!"

Gabriel, der das Zepter in der rechten Hand hielt, hob nun den linken Arm und zeigte auf den Teufel: „Du hast nur eines verdient" - sagte der Engel.

Nachdem er dies gesagt hatte, schoss ein grünblauer Blitz unter lautem Krachen aus seiner Hand.

Wir standen sozusagen in sicherer Entfernung zum Geschehen, befanden uns etwa fünfzig Meter weit von den Beiden weg. Nu schrie Myra und mich an: „Runter auf den Boden – alle!" - und er schlug mir dabei leicht auf die Schulter.

Ich hatte Myra die ganze Zeit über an der Hand gehalten. Die Warnung von Nu war deutlich und unmissverständlich. Ich zog also Myra an der Hand mit herunter und tat ihr weh. Dies erkannte ich an ihrem schmerzverzerrten Gesicht.

„Au" - sagte sie leise vor sich hin. Sie reagierte jedoch schnell genug. Landete zwar erst unsanft auf den Knien, legte sich dann aber, so schnell sie es konnte, mit dem Bauch auf den Boden. Dann verschränkte sie beide Arme über dem Kopf. Damit hatte sie sich so gut es auf dem leeren Platz ging, geschützt – vor was auch immer. Warum wir uns schützen sollten war unklar. Nu und Si hatten wohl mehr erlebt, als sie erzählen konnten. Verwundert war ich mal wieder über die Beiden. Hätte nicht gedacht, dass sie in ihrem doch recht hohen Alter noch so schnell reagieren konnten – und noch so gelenkig waren. Ich selbst lag, ebenso wie Myra, mit dem Bauch auf dem Boden. Ein Blick nach links und rechts, sagte mir, das Nu und Si ebenso verharrten. Si hielt sich die Ohren zu. Er nickte mir zu. Ich verstand: ich sollte dies auch tun. Ich hielt mir also die Ohren zu. Mit dem Ellenbogen stieß ich Myra an, und wies sie an, sich auch die Ohren zuzuhalten. Sie tat es. Ihr Instinkt sagte ihr, dass sie den Mund öffnen soll. Das war eine gute Idee. So lagen wir etwas seltsam da. Für einen Zuschauer musste dies ein bizarres Bild abgeben. Zwei Riesen und zwei Menschen lagen auf dem Bauch auf einem geernteten Maisfeld, hielten sich die Ohren zu und schauten ängstlich, mit offenem Mund zu zwei scheinbar Verrückten, die sich quasi bis aufs Blut bekämpften! Drumherum dumm dreinschauende

Soldaten, die nicht wussten, ob sie träumten... oder, was sie hätten tun können. Ich beobachtete die Szene jedenfalls gespannt; sah, wie das Tier – der Teufel, von diesem Blitz getroffen wurde. Langsam dämmerte mir, warum es den Satanisten lieber war, alles „Nur" per Video zu verfolgen. Dies hier würde noch krassere Ausmaße annehmen. Dies wurde mir nun sehr bewusst.

„Unten bleiben" - schrie ich daher in die Runde - „bis alles erledigt ist... was auch passiert!" Und leise fügte ich hinzu: „wer dann auch der Chef ist...".

Ein Nicken der Anderen bestätigte mir, dass sie verstanden hatten.

Dann schaute ich weiter den Zweien zu. Kein Mensch außerhalb dieses Feldes hätte dies alles geglaubt. Alle, denen man es erzählt hätte, hätte zwar „Ja" gesagt - „ich glaube dir... alles klar". Dann hätte derjenige sein Handy gezückt, um die Irrenanstalt zu informieren. Also ich hätte es jedenfalls so gemacht. Mir kamen ganz viele Bilder und Szenen in Erinnerung, bei denen ich an mir selbst zweifelte. Genau wie die Soldaten gerade eben auch, nicht wusste, ob das Geschehene nun Traum oder schlichte Einbildung war. Mir fiel ein, wie alles begann. Wie ich im Traum Jesus vor mir sah... die Versuchung des Teufels... dann schickten sie ausgerechnet mich zu diesem Mond. Dies, nachdem Tausende Menschen zuvor, wegen diesem Zepter, das auch ICH in Händen hielt, sterben mussten. Wahrlich unglaublich. Und das ging weiter so...

Der Satan wurde von diesem Blitz mehrere Meter nach hinten geworfen. Wie ein Stück Holz stand er plötzlich in Flammen. Er landete also brennend auf dem Rücken. Er stand auf und schaute, immer noch brennend, auf Gabriel.

Dann schüttelte er sich, wie ein Hund, der aus dem Wasser kam, und nun sein Fell trocknete. Die Flammen erloschen. Schwarzer und heller Rauch stieg auf – kam aus Mund, Nase und Ohren. Sein sowieso schon hässliches Gesicht hatte sich nun in eine furchterregende verbrannte und vernarbte Fratze verwandelt. Rohes Fleisch schimmerte durch die Reste verrußter Haut, aus der ebenso heller Rauch aufstieg.

Ich kniff die Augen zusammen, um besser verfolgen zu können, was dann geschah. Und tatsächlich – seine Haut heilte in Sekundenschnelle. Die bis dahin dampfenden und grauen Augen, erhielten wieder die gelbe Farbe des Tieres – des Bocks, der er nun mal war. Mit seinen schmalen Sehschlitzen blickte er voller Wut zu dem Engel. Seine Haare wuchsen wieder zur gewohnten Länge. Sein Gesicht wurde wieder rosig Braun, wie zuvor. Seine verbrannte Kleidung – ein schwarzer Anzug, wie ihn ein reicher Mann hätte haben können, war wieder unversehrt.

Er nahm tief Luft und sagte dann in althebräisch: „Jibril... was soll das? Mehr hast du nicht zu bieten?"

„Bleibt jetzt unten!" - bemerkte Si leise.

Und der Satan hob die rechte Hand. Ich erwartete auch einen Blitz, aber dem war nicht so. Stattdessen ging – von der Gürtellinie des Teufels eine... ja, was war das?

Eine Art Schallwelle beschrieb es wohl noch am ehesten. Es sah aus, wie wenn man einen Stein ins Wasser wirft. Die Wellen breiteten sich rund um den Teufel aus – mit Schallgeschwindigkeit. Der Klang erinnerte mich an den Brummton eines Bassverstärkers, wenn der höchste Ton ertönte. Und dieser Schall war so stark, dass alle, die in der Nähe, waren durchtrennt wurden! Die Leiber Aller fielen wie ein Kartenhaus in sich zusammen. Es ging so schnell, dass wohl alle auf der Stelle tot waren. Ich hoffte inständig, dass keiner der armen Leute Schmerzen erleiden mussten. Auch harte Gegenstände, wie Gewehre wurden, wie von einem Laserstrahl zersägt. Mühelos, wie die berühmte heiße Klinge, die durch Butter gleitet. Auch der Ständer der Videokamera knickte ein. Die Kamera lief wohl batteriebetrieben weiter. Zeigte sogar noch in die richtige Richtung! Auch diese Begebenheit – unglaublich! Die Satanisten konnten wohl alles weiterverfolgen. Nur aus einer anderen Perspektive – vom Boden aus. In dem Augenblick schaute ich mich erneut um. Myra, Nu... uns ging es soweit gut. Nun, Myra musste kotzen – wer konnte ihr das verübeln? Auch mir war schlecht. Den beiden Kollegen Nu und Si

erging es sicher nicht viel besser. Sie konnten sicher auch nicht vorausschauen, was passiert, sonst hätten sie alle warnen können. Das wieder so viele Menschen sterben mussten – dies hatten sie sicher nicht gewollt! Um so mehr wünschte ich mir, dass diese Horror-Show bald ein Ende nehmen würde, sodass wir alle nach Hause konnten. In der Ferne hörte ich das Signal von Polizeiwagen.
 „Bitte nicht" - murmelte ich vor mich hin. Myra hatte verstanden, äußerte sich aber nicht dazu. Aber auch ihr war klar, dass, sollte nun Polizei kommen – und der „Krieg" war noch nicht vorbei, daSs es dann noch mehr Tode geben würde.

 Der Engel war wieder kurz zu Nebel geworden. Sah aber schnell danach wieder wie ein „normaler Mensch" aus. Eigentlich sah er, mit seinem Vollbart und den langen, schwarzen Haaren, Si und Nu recht ähnlich. Jedenfalls vom Typ her. Nur, dass der Engel eine hellere Haut hatte und seine Nase kleiner war. Er hatte eher europäische Gesichtszüge. Nu und Si, wie erwähnt, eher arabische, deren Nase ja oft einen kleinen Buckel hatte – wie bei den Beiden.

 „Nun", dachte ich... „du kannst keinen (Geist) töten...
was machst du da?"

 Unerbittlich standen sich die Zwei, ohne jegliche Verletzung gegenüber. Denn auch der Satan hatte sich komplett erholt, sah wieder aus, wie zuvor. Und ich dachte, dass dies hier noch länger dauern würde...

 Doch wieder geschah etwas unvorhergesehenes! Die Wolken schoben auseinander. Zwischen den Wolken schien Licht auf den Boden. Ein Bild, wie man es hundertfach nach einem Gewitter kannte. Die Strahlen der Sonne erschienen nur anders als gewohnt. Bunter... die Farben eines Regenbogens berührten den Boden. Es wurde spürbar wärmer. Myra, die die ganze Zeit über Gänsehaut vor Kälte hatte, hörte auf zu zittern. Ein heller, aber angenehmer Klang war zu hören. Ähnlich dem angenehmen Summen meines Schiffes.

Dann geschah sekundenlang nichts. Nur dieses Summen.
Irgendwann schien das Licht heller – intensiver zu werden. Ohne
ersichtlichen Grund glitt Gabriel das Zepter aus der Hand. Langsam
schwebte es eine Zeitlang vor unseren Nasen herum.
　Der Teufel erkannte seine Chance. Er rannte los. Als er beim Zepter
war, blieb er stehen. Er griff danach.
Doch er konnte es nicht greifen – nicht fassen.
Das Zepter war fest wie immer.
Aber für den Satan war es ein Nebel.
Immer wieder versuchte er, dass Zepter zu greifen.
Bis er begriff, dass er es nicht bekommen konnte.

　Er gab auf und schaute besiegt nach unten. Das Zepter schwebte
immer höher. Löste sich dann vor aller Augen in Luft auf.

　Plötzlich gab es ein Erdbeben. Ein heftiges Beben. Erde wurde in
die Luft geschleudert. Der Boden riss auf. Ein Loch tat sich auf. Ein
tiefes, sehr großes Loch – und es wurde immer größer. Rauch kam
aus dem Loch. Es musste dort heiß sein. Ein Schwall Hitze kam auch
zu uns. Unter lautem Getöse wurde, direkt vor der Nase des Teufels,
das Loch immer größer. Dann wurde auch er zu einer Nebelschwarte,
dieser Nebel, der eben noch mit Gabriel kämpfte, verschwand nun im
Boden. Am Ende sah man nur noch dieses dampfende Erdloch.
　Ruhe kehrte ein. Allgegenwärtige Stille.

　Wir erhoben uns. Myra und ich standen zuerst. Myra gab Si die
Hand und ich reichte sie Nu. Wir halfen den Beiden hoch. Zwei
Menschen und zwei... vier Gestalten überlebten – wir vier. Und
Gabriel natürlich.

Er kam auf uns zu!

Mit seiner sanften und nun leisen Stimme, sprach er zu uns Vieren.

„Ich weiß um euch... ich weiß, was jeder Einzelne von euch

geleistet hat. Ihr braucht nichts zu erzählen. Ich kenne jeden eurer Schritte und wiederhole: Ihr habt Gutes geleistet. Gehet hinaus und erzählt es jedem Menschen. Es wird Zeit, das ER wieder geehrt wird. Dass die Menschen wieder an IHN glauben. Denn es gibt nur zwei Dinge. Das Gute und das Schlechte – das Böse.

Ihr habt das Böse kennengelernt. Das Böse bedeutet Tod und Verderben. Geld und Macht bedeutet zwar Wohlstand, führt aber zu Stress. Zu Herzinfarkt und Leiden.

Das Gute bedeutet Liebe und Frieden. Güte und gegenseitiges Verständnis. Gegenseitige Hilfe und Unterstützung. Wie Jesus damals sagte. Brot ist nicht alles. Und nur der Glaube geht über den Tod hinaus.

Fragt, was den Menschen lieber ist. Sie haben die Wahl zwischen dem Guten und dem Bösen. Lasst sie wählen. Wählen, ob sie so weitermachen wollen wie bisher, oder Ihm folgen wollen, was Ruhe und Frieden bedeutet...“

„Besonderen Dank gilt euch Beiden“ - sagte der Engel zu Si und Nu gewandt. „Ihr seid Vorbilder, wie man sie bei den Menschen nur noch wenig findet!“

Als er dies sagte, legte er die rechte Hand Si auf die Schulter und die linke Hand legte er Nu auf die Schulter. „Ich gebe euch jetzt die Kraft und die Lebenszeit, die ihr benötigt. Ihr werdet leben.“

„Danke, Herr!“ - sagten Beide, wie aus einem Mund.

Und der Engel nickte stumm. Dann machte
er einen Schritt nach hinten.
Dann löste er sich wieder in Luft auf.

Ohne viel weitere Worte zu machen, verabschiedeten wir uns von Nu und Si. Wir umarmten sie nacheinander schulter klopfend. Sie stiegen in ihr Schiff. Die Tür schloss sich hinter ihnen. Etwa eine Minute später stieg das Schiff langsam surrend in die Luft und beschleunigte immer mehr. Wir schauten ihnen hinterher, bis sie so hoch waren, dass sie nur noch als kleiner, schwarzer Punkt am nun blauen Himmel zu sehen waren.

„Willkommen zurück auf der Erde" - begrüßte Myra mich erneut und küsste mich zärtlich, nachdem sie sich ein leichtes Lächeln abgewinnen konnte.

„Ja, es tut gut" - und ich schaute mich um und sah die vielen Tote - „dich trotz allem hier, wieder im Arm zu spüren!" - vollführte ich meinen Satz.

„Ja, lass uns gehen. Die Polizei wird jeden Moment hier sein. Dann will ich weg sein" - sagte Myra.

Ich nickte, und wir stiegen in ihr Auto, das nur etwa hundert Meter weg stand. Alle Scheiben waren von dem Schall zersplittert. Aber das Auto sprang an und wir verließen diesen schaurigen Ort.

Mir stellte sich die Frage, die sich viele Menschen
bereits stellten: warum ließ Gott
all die Toten zu?
Gab es keinen anderen Weg, den Menschen zu
beweisen, wie sie in Zukunft
zu handeln hatten?...
Scheinbar nicht...

Und noch eine Frage stellte sich mir: wie sollten wir das alles den Leuten glaubhaft rüber bringen? Ohne, für verrückt gehalten zu werden? Wir hatten keine Beweise. Nur durchtrennte Soldaten auf einem Schlachtfeld. Nicht eine Kugel kam aus den Gewehren. Myra hatte recht. Wie hätten wir das erklären sollen? Wie sollten wir, wie Gabriel es verlangte, den Menschen sagen, dass das Böse da war und sie lieber wieder an Gott glauben sollten... wir waren keine Propheten. Das war, unter anderem, Jesus – wir nicht. An diesem Punkt würde ich und auch Myra wohl scheitern.

Aber zunächst fuhren wir nach Hause. Mein Bett rief mich wie selten zuvor. Durst und Hunger plagte mich.

Kapitel 14
Die eigentliche Mission

Myra und ich konnten nicht recht zur Ruhe kommen. Bereits am nächsten Morgen – ich fühlte mich wie gerädert, hatte schlecht geschlafen – klingelte es an der Haustüre. Myra öffnete. Mike, unser Polizeifreund stand vor der Tür!

Mit den Worten: „Du folgst uns überall hin" - machte sie einen Schritt zur Seite und machte eine typische Handbewegung – wies ihm also den Weg und ließ ihn hinein. Dabei schien sie es nicht zu stören, dass sie nur einen Schlafanzug aus Nicki anhatte. Sie trug eine Bordeauxfarbene Hose mit einem weißen Oberteil, das einen runden Halsausschnitt hatte. Auf der Brust war ein großes rotes Herz. Ich sah sie gerne darin – auch wenn es, entgegen ihrer sonstigen Gepflogenheit – sie darin wenig sexy wirkte... war halt ein Schlafanzug.

Die Lippen von Mike verzogen sich zu einem gekünstelten Lächeln.

„Ja, da hast du recht" - antwortete er, und lief den kleinen, schmucklosen Flur entlang, der ins Wohnzimmer führte.

„Ich muss gestehen" - begann Mike zu reden - „dass ich von denen geschickt wurde. Ich habe also einen Grund hier zu sein." Beim nächsten Satz zog er die Augenbrauen hoch: „Was aber nicht heißen soll, dass ich nicht gerne bei euch bin!" - verbesserte er sich.

„Schon klar" - meinte Myra. „Setz dich, Frank wird gleich kommen. Möchtest du etwas zu trinken?"

Da es erst neun Uhr dreißig war, an diesem Mittwoch, und Mike noch nicht sein komplettes Pensum an Kaffee hatte, bestellte er sich einen Kaffee bei Myra.

„Kommt sofort" - meldete sie. „Wir haben auch noch keinen Kaffee, sind eben erst aufgestanden."

„Okay... ich störe aber nicht?"

„Sicher störst du" - lächelte Myra frech - „aber ist schon recht, wir wären sowieso bald aufgestanden!"

Mike verstand den Hinweis: „Ah, okay... ich werde mich kurz fassen. Dann könnt ihr dem nachgehen... wo immer ich auch störte!"

„Ich koche Kaffee" - meinte Myra dann und begab sich in die nebenan liegende Küche.

Mit einem Kopfnicken setzte Mike sich auf das Orangefarbene Stoffsofa. Es erschien ihm sehr bequem. Er schaute sich in dem recht kleinen Raum um. Der Fernseher erschien ihm beinahe größer zu sein, als der Wohnzimmerschrank.

Ich war derzeit aus dem Bett geschlüpft und war dabei meine Jeans anzuziehen. Durch die Schlafzimmertür hatte ich Mike´s Stimme erkannt. Ich konnte also ruhig mit freiem Oberkörper rüber zu ihm. Doch zunächst musste ich die Toilette aufsuchen. Da ich schon mal im Bad war, putzte ich mir – im Schnelldurchgang, die Zähne. Dann ging ich zu ihnen rüber.

„Hallo, alter Schwede", begrüßte ich ihn, wie ich es schon oft bei ihm tat.

„Hi, Kollege", war die Antwort. Ja, zwischenzeitlich waren wir recht vertraut gewesen. Lars mit seiner Freundin, und Mike mit seiner Frau – sie waren die zwei Paare, mit denen wir essen gingen und mit denen wir uns verabredeten.

„Was gibt´s", fragte ich.

„Nun... was gibt's? - gute Frage – meinte er. Er schien zu überlegen, wie er anfangen sollte und schaute dabei an die Decke.

Myra kam mit einem Tablett, auf dem Tassen und Kaffeekanne waren, ins Zimmer hinein. Sie stellte das Tablett, auf dem auch ein Milchkännchen und eine Zuckerdose waren, auf den Wohnzimmertisch.

„Bedient euch", sagte sie, und setzte sich auf den blauen Ledersessel.

Ich setzte mich dann auf die Couch, links neben Mike.

„Gut, dass ihr beide da seid, da brauche ich mich nicht zu

wiederholen" - meinte er, und schenkte sich Kaffee ein und gab drei
Löffel Zucker hinzu. Keine Milch.

„Immer heraus", sagte ich, und nippte an meinem heißen,
schwarzen Kaffee.

Myra nickte.

Mike nahm tief Luft, und ich ahnte, dass er viel zu erzählen hatte.
Und das Thema war scheinbar eher schwierig... es hantelte sich
sicher nicht um unseren nächsten Besuch bei Silvia – seiner Frau.

„Also", begann er - „da sind viele Tote. Tote Soldaten."

„Verzeihe, wenn ich dich unterbreche... beschuldigt man uns?"

„Nein, keine Sorge. Es ist ja alles auf Video. Die Kamera zeichnete
alles bis zum Schluss auf. Am Ende muss man den Kopf zwar zur
Seite neigen, da die Kamera auf dem Boden lag, aber es ist alles klar
zu sehen. Die Satanisten sind solche Schweine. Sie ahnten, dass es
Tote geben würde... da wollten sie nicht dabei sein. Aber das ist ein
anderes Thema. Wie gesagt, es ist alles klar zu sehen. Die Leute die
mich schickten, waren auch recht freundlich und sie haben
Verständnis für eure Lage. Sie meinten, besser erst ich – ein Freund,
redet erst einmal mit euch. Da draußen" - meinte er, und zeigte mit
dem Daumen in Richtung Fenster - „da stehen sie mit ihren TV-
Kameras und Mikrofonen."

Ich schaute durch das Fenster – nichts!

„Jetzt noch nicht" - versicherte Mike - „aber man hat mir gesagt,
dass sie kommen würden. Die Obrigkeit ist der Meinung, dass die
Angehörigen der Toten... aller Toten – auch diejenigen, die vorher
schon bei den Terroranschlägen gestorben waren; dass all diese
Menschen ein Recht auf Antworten haben. Ihre Fragen sind immer
die selben: Wer, warum und wann hat das Töten ein Ende?
Berechtigte Fragen, meiner Meinung nach!"

„Ich verstehe", versicherte ich Mike, und Myra nickte ebenso
bejahend.

„Viele wollen natürlich auch wissen, wer deine Helfer waren – die
aus dem Raumschiff. Und... ob der Teufel... Jesus und der Engel... ob
das alles echt war – oder ein Fake!"

„Die Frage, ob die Aufnahmen... der Engel – ob das alles Echt ist.

Dies solltet ihr die Leutchen fragen, die die Kamera aufgestellt haben. Da dies das Militär war, erübrigt sich eigentlich diese Frage. Und ansonsten – glaube mir... alles was auf dem Band drauf ist, ist so echt, wie du und ich jetzt hier sitzen und reden! Nu und Si... dies sind die Außerirdischen, die geholfen haben, das Zepter zur Erde zu bringen".

Und dann erzählte ich ihm die ganze Geschichte. Und endete, dass ich oft genug selbst gezweifelt habe – ob denn das alles wirklich sein kann.

„Du siehst also" - beendete ich endgültig meine Rede - „ich habe also durchaus Verständnis dafür, dass Vieles – wenn nicht Alles, unglaubwürdig... ja... sogar zu fantastisch erscheint."

Mike nickte nur: „Verstehe, wie machen wir weiter?"

Nach kurzem Überlegen sagte ich: „Pass auf... ich mache dir, und denen da draußen einen Vorschlag – hör gut zu. Ich mache ein einziges Interview und erzähle die Story, so, wie ich es dir gerade erzählt hab. Ich sehe dies als meine ganz eigene Mission. Für die ich wohl letztendlich ausgesucht wurde. Der Engel gab mir eine Aufgabe. Und diese werde ich mit meinen Erklärungen verbinden. Danach, so beschlossen Myra und ich, gestern Abend, wollen wir wieder nach Deutschland zurück. Dort warten auch Menschen auf uns, die uns vermissen – und die wir vermissen!"

„Okay, alles klar. Ich gebe es so weiter und melde mich dann in Kürze bei euch. Danke, ich sehe nun alles klar vor mir."

„Okay" - bestätigte ich - „ich denke und hoffe, dass, wenn ich den Menschen da draußen erkläre was los ist, dann wird hoffentlich Verständnis da sein."

Zwei Tage später

Mike hatte sich gemeldet. Der Gute hatte sich um alles gekümmert oder doch in die Wege geleitet. Ich brauchte nichts anderes zu tun, als heute Abend, spätestens neunzehn Uhr am TV-Sender zu sein. Die würden mich da erwarten. Dann würde mich ein Mister Klart interviewen. Ich würde alles erklären und dann hatte der Spuk hoffentlich ein Ende. Myra und ich hatten uns am Tag zuvor noch über alles Gedanken gemacht und darüber geredet. Wir waren uns darüber einig, dass wir, so schnell es ging wieder nach Hause – das hieß, nach Deutschland, wollten. Myra telefonierte täglich mit ihrer Mutter. Wir konnten es Beide kaum erwarten, wieder zu Hause zu sein. Mal wieder kam mir Nu und Si in den Sinn – wiedereinmal konnte ich nachvollziehen, wie es ihnen erging. Gerade am letzten Tag – wo sie hier auf Erden waren. Dann, wo klar war, dass sie endlich heim konnten. An den Ort, den sie im Herzen trugen.

Uns Beiden erging es kaum anders – die Sehnsucht war quasi greifbar.

An diesem Abend, neunzehn Uhr

Ich war pünktlich. An der Pforte, einem kleinen Holzhäuschen, fragte der Pförtner nach meinem Namen. Als ich den nannte, zeigte er mir den Weg. Ich brauchte nur in der übernächsten, großen, weißen Halle, durch die graue Stahltür zu gehen. Dort würde mir ein Kollege den Weg ins Studio zeigen.

Dort angekommen, empfing mich tatsächlich ein hagerer, sehr pickliger junger Bursche. Dessen mittellange, braunen Haare, hatten, wie es schien, seit drei Jahren keinen Kamm mehr gesehen. Wild stand seine fettige Haarpracht in alle Himmelsrichtungen. Aber – er war nett: „Folgen sie mir" - sagte er mit einer bärigen Stimme, die ich dem Jüngling nicht zugetraut hätte, und die auch nicht zu dem dünnen Kerl passte. Er überraschte mich... flotter als ich ihm zutraute, führte er mich durch dunkle Gänge. Rechts, links, rechts – ich konnte ihm kaum folgen. Bewies das doch noch einmal deutlich, dass man nie nach dem Äußeren eines Menschen urteilen sollte. Dann kamen wir an eine helle Holztür. Der Knabe, er war vielleicht achtzehn Jahre alt, wirkte aber jünger. Wohl durch die Pickel und dem spärlichen Bartwuchs – was eher ein Flaum war.

„Dort werden sie geschminkt, ich warte hier, und führe sie dann ins Studio."

Im Raum empfing mich – ebenso freundlich, eine junge Frau, die wohl Punkerin war, mit den Worten: „Hallöchen, ich bin Samantha, und ich mache sie noch hübscher..." - lächelte sie.

Sie zeige auf einen Stuhl, einen Ledersessel, der vor ihr stand. Ich setzte mich hinein. Ich schaute in einen beleuchteten, riesigen Spiegel. Weitgehend wortlos tupfte und pinselte sie etwa fünfzehn Minuten in meinem Gesicht herum. Den Hals ließ sie aus, weswegen dieser etwas heller erschien, doch das war mir ziemlich egal. Sie fragte, ob ich zufrieden wäre, was ich bejahte. Dann führte mich der Junge wieder schnellen Schrittes einige Gänge weiter, bis wir an einer sehr hohen und breiten Stahltür angelangt waren. Über der Tür ein rotes Licht, mit der Aufschrift „On Stage". Der Junge öffnete routiniert die schwere Tür. Ich ging hinein und wurde dort von einem Typen empfangen, der ähnlich aussah wie der Jüngling. Auch er hatte ein schwarzes T-Shirt und schwarze Jeans an. Wohl so etwas wie eine Uniform, denn im Hintergrund sah ich mehrere Gestalten im Halbdunkel herumlaufen, die alle gleich gekleidet waren. Er führte mich dann zu diesem Moderator. Dieser sah ganz anders aus. Er stand auch im hellen Scheinwerferlicht. Er hatte lange, sehr glatte Haare, deren Spitzen Lila waren. Ich stellte mir die Frage, ob er denn schwul sei, denn er hatte ein orangenes Hemd an, das eher an eine Damenbluse erinnerte. Aber ich wollte keine Schlüsse ziehen, von denen ich nicht wusste, ob ich mich irrte.

Er kam mir entgegen, streckte mir die Hand entgegen und begrüßte mich ebenso freundlich, wie die Beiden anderen zuvor: „Hallo, nenne mich einfach Joe. Wir duzen uns – okay? - das macht alles einfacher!"

„Okay", sagte ich - „das ist mir recht."

Er führte mich zu einem sehr dicken, schwarzen Ledersessel mit sehr hohem Kopfteil. Ich nahm Platz und versank beinahe darin.

„Wenn du was zu trinken willst – einfach melden. Standardmäßig haben wir Wasser. Und er zeige auf ein bereits gefülltes Glas, das direkt neben meinem Sessel auf einem runden Tisch stand, der eine schwarze Glasplatte hatte.

„Ich rede noch ein paar Worte mit dem Regisseur, und dann geht es auch schon los. Das Publikum wartet bereits" - meinte er, und zeigte auf etwa fünfzig Leute, die halbrund um uns herum in zwei Sitzreihen saßen, und warteten. Ich dachte mir, dass dies alles Handverlesene Menschen waren... eingeladen, wohl um die Eine oder Andere Frage zu stellen. Ein Blick auf meine Armbanduhr sagte mir, dass es nun kurz vor zwanzig Uhr war. Die Show mit dem Titel: Interessante Menschen – würde gleich beginnen.

Joe, er kam nun lächelnd zu mir und setzte sich mir gegenüber in einen Sessel, der der gleiche war, wie meiner – nur dass seiner Gelb war. Die Kamera ging in Position und der Regisseur machte Joe ein Handzeichen, worauf dieser anfing zu reden: „Guten Abend, meine sehr geehrten Damen und Herren – hier im Studio, und da draußen vor den TV-Geräten."
Kurzer Applaus

„Mir gegenüber – und das meine ich sehr ernst, sitzt für mich der interessanteste Mann, der je auf diesem Sessel saß. Sein Name ist Frank Schulz. Er kommt aus Deutschland, hat hier mit der Band Satans Law als Helfer der Band seinen Job getan. Und lebt daher nun schon seit einigen Jahren hier bei uns in Amerika. Und Frank hat sehr, sehr viel erlebt. Hat unglaubliches erlebt. Und dies wird er uns nun erzählen... bitte Frank" - sagte er, und wies mit der Rechten auf mich.
Ich nahm tief Luft, und begann zu erzählen: „Also", begann ich - „alles, was ich sage, wird ihnen... oder dir, wie ein Märchen vorkommen, doch ich schwöre, dass alles wahr ist. Es gibt auch ein Video!"
„Dies werden wir später in gekürzter Form dem Publikum zeigen, doch erst einmal, wollen wir hören, was du zu berichten hast."
„Okay" - nickte ich – und nahm erst wieder Luft, weil ich doch etwas aufgeregt war."
„Ganz ruhig" - bemerkte daher Joe, der diese Aufregung spürte.

Ich trank einen Schluck und begann nach kurzer Sortierung meiner Rede im Kopf, zu sprechen: „Stimmt, ich bin oder war, Roadie dieser

Band. Alles lief Super. Wir begannen die World-Tour in Amerika, New York. Wir waren alle gut drauf, bis die erste Nachricht dieser Satanisten kam. In Washington dann der erste Terroranschlag."
 Ich erzählte alles, so genau ich es in Erinnerung hatte. Ließ
 keinen Punkt aus. Ich wusste, dass ich etwas Zeit hatte – etwa
fünfzehn Minuten. Aber so lange würde ich nicht brauchen. Vieles erklärte ich nur Stichwortartig, wie der Flug in meinem Schiff. Ich versuchte mich also an die wichtigen Dinge zu halten. Auf die Bekanntschaft von Si und Nu ging ich etwas tiefer ein, verschwieg aber zunächst, wer sie waren, oder was sie taten. Für die Zuhörer musste es sich so anhören, als ob sie zufällig dort gewesen wären, und mich retteten. Dass sie Nachkommen der Urväter waren, ließ ich erst einmal weg. Es kam auch nur die Zwischenfrage von Joe, ob dies die Beiden großen Kerle gewesen wären, die bei mir und Myra auf dem Feld zu sehen seien. Ich sagte „ja" - und redete weiter. Ich erzählte also, wie wir auf Titan waren – dem neunundneunzigsten Mond, und dort das Zepter holten.

„Die Erleichterung war groß, als ich sah wie Si, zwar deutlich erschöpft, aber auch glücklich – das Zepter in Händen hielt. Wir flogen zur Erde... den Rest werden sie wohl gleich auf dem Video sehen. Aber lassen sie mich vorab eines sagen – etwas sehr wichtiges! Auf dem Video ist auch ein Engel zu sehen. Gabriel. Wenn sie die Bibel etwas kennen, wird ihnen der Name ein Begriff sein. Er gab mir eine Nachricht, die ich an Alle – möglichst Alle auf der Welt, übermitteln soll."
 „Jetzt wird es spannend" - unterbrach mich Joe, mit leiser Stimme.
 Ich nickte: „Ja, genau... spannend weniger – aber wichtig. Im Grunde sagte der Engel genau das, was jeder von uns, jeden Tag erlebt. Der Stress, das Geld und die Macht, die unseren Alltag bestimmt. Dann schmückte ich die Rede nach meiner eigenen Interpretation aus. Herzinfarkt, Schlaganfall, Umweltsünden" - nannte ich ein paar Stichworte. Ich wollte ein paar Punkte hervorheben um jedem zu verdeutlichen, was gemeint ist. Dieses immer mehr und noch höher hinaus... Gabriel sagte mir, wie wichtig es wäre, sich für die anderen Dinge mehr Zeit zu nehmen – uns mehr

darauf zu besinnen. Liebe, Fürsorge. Die schönen Dinge wieder zu fühlen, riechen und zu schmecken. Die Menschen haben verlernt zu genießen. Sie sind Alle in Zeitnot, unter Druck, sind verzweifelt, weil sie nicht genug verdienen. Ungerechtigkeit... kaum Verständnis für Andere, keine Geduld, kein Vertrauen. Kriege und Unzucht mit Kindern, Unehrlichkeit und vermeidbare Pandemien. Ein verrückter Kampf, den eigentlich keiner will, und doch jeder führt! Keine Güte und nur noch wenige Leute, die freundlich sind. Die sich nicht beirren lassen, nicht stressen lassen. Gabriel meint, es wäre besser, es denen gleichzutun. Auf dem Boden bleiben. Unaufgeregt und geplant agieren – und, vor allem - die Ruhe in Gott zu finden. Ich glaube nicht, dass er damit gemeint hat, immerzu in die Kirche zu gehen oder täglich zu beten. Wir sollen einfach mal alles etwas mit mehr Bedacht angehen und dies im Glauben"

So endete ich und erntete nachdenkliche Blicke des Publikums vor Ort. Auch Joe sah man an, dass er ins Grübeln geraten war.

„Dem gibt's wohl nichts hinzuzufügen" - bemerkte er daher. „Film ab" - kommandierte er knapp.

Und das Video lief, projiziert auf eine große Leinwand. Ich hatte das Video selbst noch nicht gesehen und war daher gespannt, was darauf zu sehen war.

Alles war zu sehen. Die Landung, wie wir ausstiegen, der Kampf der Beiden, wie alle außer uns starben, und dann wie das Zepter in der Luft verschwand. Und wie der Engel mit mir redete und sich dann von Nu und Si verabschiedete. Und letztendlich, wie das Raumschiff wieder startete und Myra und ich das Feld verließen.

Keiner stellte eine Frage
Die Show war zu Ende
Ich konnte gehen
Ich war erleichtert
Beim Gehen schaute ich zurück
und schaute in bedrückte Gesichter
Würde ich nun Frieden finden?

Epilog

Etwa ein Jahr später

Myra und ich waren wieder in Deutschland. Die ersten paar Wochen waren wir gezwungen bei Myras Eltern zu wohnen. Natürlich wäre es bei meinen Eltern rein theoretisch auch gegangen. Diese wohnten jedoch zur Miete und wir hätten auf der Couch schlafen müssen. Myras Eltern hatten ein Eigenheim, in dem eine komplette Kellerwohnung eingerichtet war. Der Wohnung gaben wir natürlich den Vorzug. Wenn wir allerdings gewusst hätten, dass es für Myras Eltern eher unangenehm wird, hätten wir lieber in einer kleinen, günstigen Pension gehaust... obwohl... wir hatten natürlich auch kein Geld. Alles, außer unseren Klamotten, war in Amerika verblieben. Das Auto, die Möbel, alles gehörte dem amerikanischen Staat. Den Heimflug hatten sie uns noch spendiert. Ihnen war klar dass wir kein Geld hatten. Zunächst gab es das übliche Geplänkel... wir hätten gerne solche Leute wie euch bei uns im Land. Wir besorgen euch einen Job, ihr habt doch nun Freunde hier. Und weitere Sprüche in der Art. Doch als wir beteuerten, dass wir heim wollten, gaben sie schnell nach und fuhren uns zum Flughafen. Das ging mir dann schon fast zu schnell, sodass ich mich fragte, ob sie nicht doch froh waren, uns loszuwerden. Wenn ich Amerikaner gewesen wäre, so kam es mir vor, hätten sie mich als amerikanischen Helden gefeiert, wie Einer ihrer Mondfahrer. So jedoch war ich Deutscher. Ein deutscher Held, wer wollte den schon? Doch, das war nur so eine Vermutung – ein Gefühl. Und Gefühle können auch mal täuschen. Natürlich hatten wir uns in Amerika wohl gefühlt. Wir waren uns einig, sollten wir es uns später einmal leisten können, würden wir gerne dorthin zurück, unsere Freunde besuchen. Aber im Moment wollten wir einfach nur heim – zur Ruhe kommen. Mal Abstand gewinnen. Normale Menschen um uns haben. Keine Rockstars und keine Raumfahrtexperten. Nur Familie. Menschen mit Liebe im Herzen. Letztlich fiel es uns also leicht Amerika den Rücken zuzudrehen. Nur, wie es sich später herausstellen sollte, war die Ruhe, nicht eben in greifbarer Nähe.

Alles hatte sich nach ein paar Wochen eingespielt. Aber, natürlich – wie konnte es auch anders sein? Es war am Anfang, nach unserer Ankunft, sehr stressig. Freunde, Bekannte und selbstverständlich auch unsere Eltern, überrannten uns förmlich. Und alle stellten immer wieder die selben Fragen. „Wie geht es euch, was habt ihr alles erlebt, wie war es im Weltall - wie ist es, wenn man einen Außerirdischen kennt? Konnte man den Engel anfassen, hast du Myra vermisst... hast du Frank vermisst? Hattest du Angst vor dem Teufel? Diese Fragerei und Neugier war einerseits natürlich verständlich. Jeder hätte Einen, der so etwas erlebt hat, diese Dinge gefragt. Aber, es nervte doch sehr. Wir kamen kaum zur Ruhe.
Doch die ersehnte „Normalität" überholte uns - der Alltag hatte uns wieder. Die beiden Familien umarmten uns irgendwann. Die gesamte Zeit über. Und dies in alle Richtungen. Myras Papa hatte mir einen Job besorgt. Ich arbeitete nun in einem Elektronikladen. Ich beriet und verkaufte den Leuten Fernseher, Waschmaschinen und Wäschetrockner, Spielekonsolen und Laptops. Wo ich mich am besten auskannte, war die CD-Abteilung. Das machte mir am meisten Spaß und sie setzten mich vornehmlich dort ein. Wohl auch, weil ich dort den meisten Umsatz machte – weniger aus Nettigkeit. Myra arbeitete auch wieder als Tontechnikerin. Dieses Mal reiste sie jedoch nicht in der Weltgeschichte herum, sondern war an einem regionalen, kleinen TV-Sender angestellt. Sie hatten viele Live-Übertragungen. Im Studio, aber auch auf Fußballplätzen. Ab und an musste sie also schon in einen anderen Ort, um die Übertragung mit Ton zu sichern. Aber dennoch war sie meistens abends zu Hause. Uns ging es gut. Wir trafen uns wieder mit unseren alten Freunden.

Irgendwann hatten wir eine schöne Wohnung gefunden. So, wie wir

es uns gewünscht hatten – schön gelegen, und – vor allem, zu
niemanden hatten wir einen weiten Weg. Die Miete war bezahlbar.
Wir hatten genügend Geld um uns die Wohnung nach unserem
Geschmack einzurichten.

Nun war er also gekommen.
Der Moment der Ruhe.
Da tauchte eine Frage auf...

Unsere Vermieter wohnen unten in dem Haus, wir im oberen
Stockwerk. Wir durften den Garten hinter dem Haus mitbenutzen.
Die Vermieter, ein Ehepaar, beide etwa fünfzig Jahre alt, waren also
sehr nett und wir verstanden uns gut mit ihnen. Sie hatten eine kleine
Grillstätte, mitten im Garten. Um die Grillstelle waren halbrund
Sitzbänke angebracht. Wir hatten also zu Abend gegessen und saßen
nun um das wärmende Feuer. Es war Mitte Mai und Mittags noch
um die 24°C warm gewesen. Jetzt war es, gegen neunzehn Uhr,
merklich abgekühlt und Myra hatte ihre graue Weste um die Schulter
gelegt. Mir genügte das Feuer, ich legte aber noch zwei Holzscheide
auf, da wir uns eine Flasche Rotwein aufgemacht hatten. Wir wollten
den Abend noch genießen. Der Mond war fast schon wieder Voll und
vor etwa einer halben Stunde über den Dächern der
Nachbargrundstücke aufgegangen. Der Fliederstrauch am Ende des
Gartens verströmte seinen süßen Duft. Die Schmetterlinge tanzen
noch um den Strauch.
„Du Frank!?“ - so, in dieser Tonart, redete Myra eigentlich nur,
wenn sie was von mir wollte.
„Ja“ - fragte ich daher. „Mit was kann ich dienen?“
„Man könnte doch sagen, dass wir es nun gepackt haben. Keiner
will mehr etwas von uns. Wir haben doch alles, von dem wir immer
geträumt hatten“.
„Nun“, warf ich ein. Ich hätte schon gern so ein schönes Haus, wie
deine Eltern – irgendwann.“
„Ja, gut, okay – aber im Moment kann man doch sagen, dass es uns
an nichts fehlt.“

„Ja, das könnte man so sagen" - stimmte ich zu und küsste sie zart auf den Mund. All das hatte unserer Liebe keinen Abbruch getan. Im Gegenteil: wir waren noch tiefer verwachsen. Jeder von uns wusste, was der andere denkt und fühlt. Besser konnte es kaum sein.

„Nur eines fehlt... möchtest du mich heiraten?... ich sage dies nicht ohne Hintergedanken! Ich... ich bin schwanger!"

Verdutzt, und wohl etwas ungläubig, schaute ich sie von der Seite an.

„Du bist schwanger?"

„Ja, freust du dich?"

„Ja, und ob... ja ich freue mich!"

Ich drehte mich zu ihr um und drückte sie fest an mich. „Ich freue mich" - flüsterte ich ihr ins Ohr.

Am Morgen danach, lag ich noch eine Zeitlang wach im Bett. Ich fühlte mich gut wie selten zuvor. Myra schlief noch, wie es schien, mit einem leichten Lächeln im Gesicht. Dies bewies mir, dass es auch ihr an nichts fehlte. Wir waren beide, bis zum Platzen restlos glücklich.

Mir fielen erneut die Augen zu. Plötzlich sah ich Nu und Si vor mir. Und ich konnte mal wieder nicht unterscheiden, ob ich träumte... ich wusste auch nicht, was das sollte. Warum ich die Beiden vor mir sah. Aber – ich sah sie vor mir. Ich sah, wie die Zwei nebeneinander an einem See standen. Es war Nacht und ein riesengroßer, gelblicher Mond, der dem Erdmond ähnlich sah, war zu sehen. Der Himmel erschien nur eher Lila, statt Schwarz. Unten war ein kleines Haus zu sehen, wie es auch auf der Erde hätte stehen können. Ein sehr großer Baum stand mitten auf dem See. Da wusste ich, warum ich diese Vorstellung hatte. Nu und Si hatten mir – wie auch immer, mitgeteilt, dass es ihnen gutging. Ich wusste nicht, ob ihnen der Engel weitere Jahre schenken konnte. Ich hoffte es für sie. Aber eines wusste ich nun – sie hatten es auf ihren Planeten geschafft. Sie waren daheim – so wie wir es waren. Alles war gut. Und unserer Zukunft lag nicht das geringste im Weg. Ich drehte mich zu Myra, nahm sie in den Arm, und versuchte noch eine Runde zu schlafen. Doch ich schlief

nicht mehr ein, da ich noch grübelte. Eine Frage blieb noch offen.
Das Gute und das Böse. Omas Worte stimmten wohl. Die Frage, die
sich mir also stellte, war: hat die Mühe gelohnt? Die
Fernsehsendung, in der ich die Nachricht des Engels weitergab,
wurde auch in Europa übertragen. Viele Menschen hatten die
Sendung gesehen.
 Aber – hat die Menschheit es verstanden? Würden die Leute sich
ändern... zur Ruhe kommen, und mal die Hektik vergessen.
Versuchen, mit weniger Geld herumzukommen – aber dafür mehr
Lebensqualität gewinnen?

Große Zweifel... ja, ich hatte Zweifel, dass die Menschheit
diese Lektion verstanden hatte...

Ende

Danksagung

Mein Dank gilt
- mal wieder,
Inge
Danke für deine Mühe

Quellennachweise Fotos: Pixabay License
Freie kommerzielle Nutzung
Kein Bildnachweis nötig.
Zeichnungen: Cover/Mars – Friedrich Schmidt